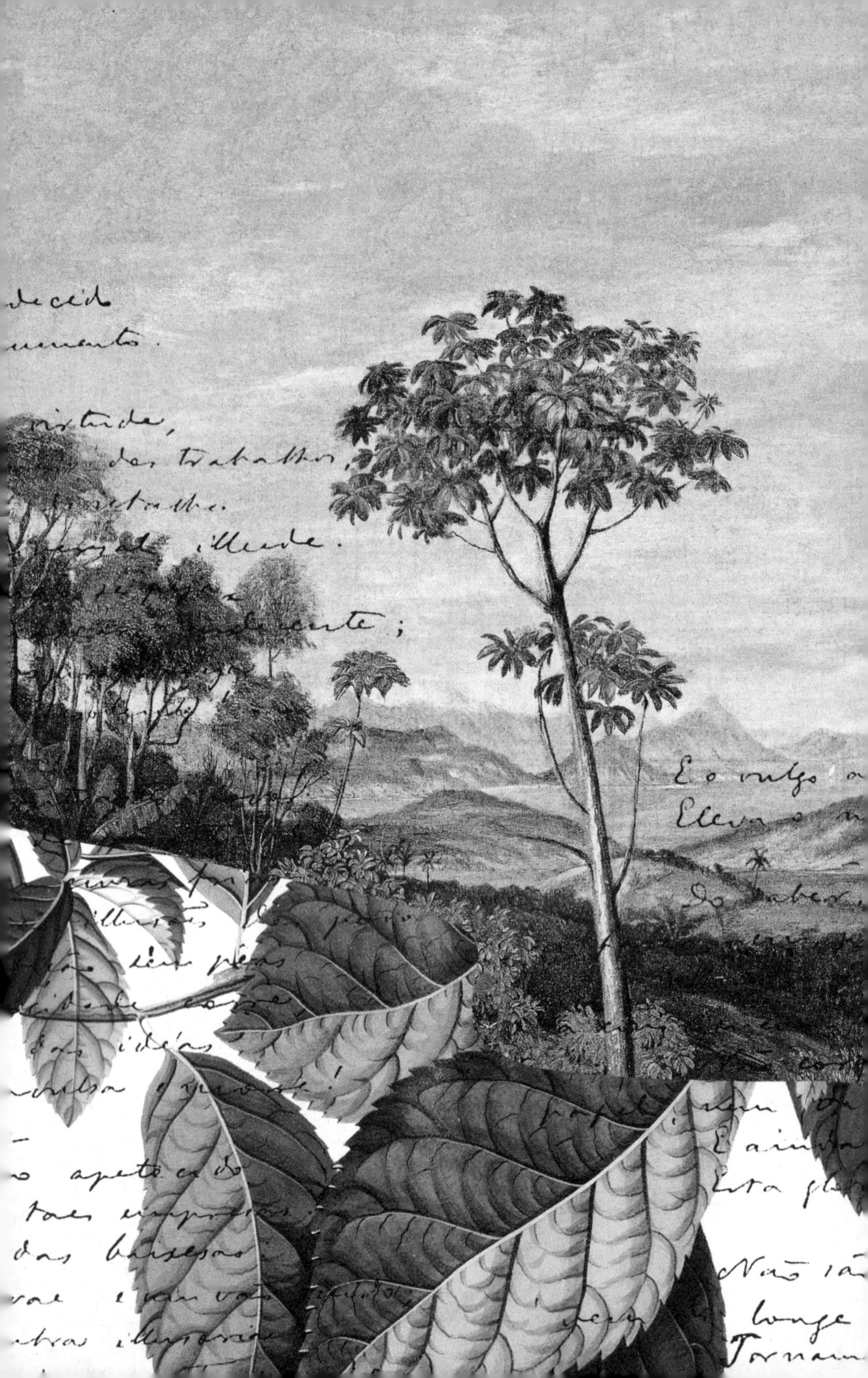

A Cidade e seus Pecados

MACHADO DE ASSIS

1839 · 1908

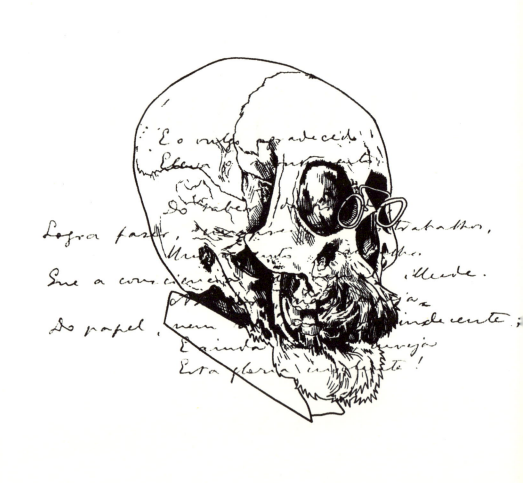

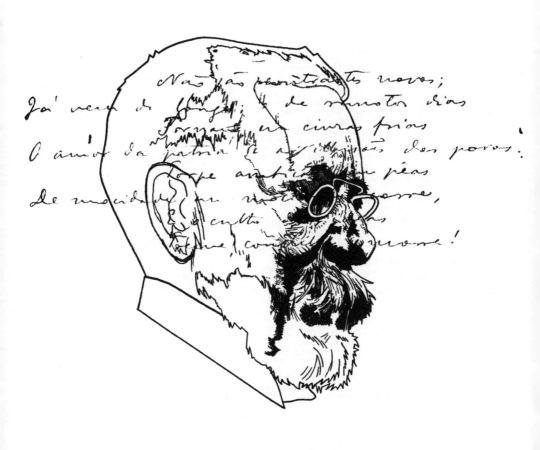

Textos
© J.P. Cuenca, 2022
© Romeu Martins, 2022
© Maurício Barros de Castro, 2022

Carlos Drummond de Andrade
© Graña Drummond
www.carlosdrummond.com.br

"A um bruxo, com amor." In: *A vida passada a limpo*.
São Paulo: Companhia das Letras, 2013

Ilustrações © João Pinheiro, 2022

Acervo de Imagens: *Das Herz des Menschen* (1813), de Johannes Gossner, Augusto Malta, Benjavisa Ruangvaree, Henri Rousseau, Joaquim Insley Pacheco

Foram feitos todos os esforços para identificar e creditar os detentores de direitos sobre as imagens publicadas. Se os direitos sobre alguma destas imagens não foi corretamente identificado, por favor, entre em contato.

Diretor Editorial
Christiano Menezes

Diretor Comercial
Chico de Assis

Gerente Comercial
Giselle Leitão

Gerente de Marketing Digital
Mike Ribera

Gerentes Editoriais
Bruno Dorigatti
Marcia Heloisa

Editor
Bruno Dorigatti

Capa e Projeto Gráfico
Retina 78

Coord. de Arte
Arthur Moraes

Coord. de Diagramação
Sergio Chaves

Designer Assistente
Guilherme Costa

Finalização
Sandro Tagliamento

Preparação e Revisão
Retina Conteúdo

Impressão e Acabamento
Leograf

DADOS INTERNACIONAIS DE CATALOGAÇÃO NA PUBLICAÇÃO (CIP)
Angélica Ilacqua CRB-8/7057

Assis, Machado de, 1839-1908
  Machado, a cidade e seus pecados / Machado de Assis ; organização de Bruno Dorigatti, Christiano Menezes ; ilustração de João Pinheiro. — Rio de Janeiro : DarkSide Books, 2022.
  288 p. : il.

  ISBN: 978-65-5598-026-4

  1. Ficção brasileira 2. Contos brasileiros I. Título
  II. Dorigatti, Bruno III. Menezes, Christiano

21-0814   CDD B869.3

Índices para catálogo sistemático:
  1. Ficção brasileira

[2022]
Todos os direitos desta edição reservados à
DarkSide® Entretenimento LTDA.
Rua General Roca, 935/504 — Tijuca
20521-071 — Rio de Janeiro — RJ — Brasil
www.darksidebooks.com

MACHADO DE ASSIS

A CIDADE & seus PECADOS

ORGANIZAÇÃO
DORIGATTI & MENEZES

ILUSTRAÇÕES
JOÃO PINHEIRO

DARKSIDE

MACHADO DE ASSIS

APRESENTAÇÃO
10. O Poltergeist de Machado

19. **A IGREJA DO DIABO**

LUXÚRIA
32. A Carteira
38. A Senhora do Galvão

IRA
54. A Cartomante
66. De Como Vieram Crescendo

GULA
76. Tio Cosme

AVAREZA
84. Conversão de um Avaro
108. Terpsícore

INVEJA
A Parasita Azul .124
Verba Testamentária .178

SOBERBA
O Segredo de Augusta .196

PREGUIÇA
O Cônego, ou Metafísica do Estilo .234

A UM BRUXO, COM AMOR
Carlos Drummond de Andrade .244

POSFÁCIOS
O Caldeirão do Bruxo .254
Pecados Tropicais .260
Fragmentos Machadianos .267

O Poltergeist de Machado

J.P. CUENCA

APRESENTAÇÃO

Uma das encostas íngremes que sobem os morros e favelas na área portuária do Rio de Janeiro é conhecida por ser um local histórico — embora não haja nenhuma pista à vista. Trata-se de uma fachada alta e branca com enormes janelas coloniais, a maioria delas aberta para um terreno baldio. O único resquício da antiga chácara que ficava na subida da Ladeira do Livramento é o muro pichado.

Quem passa por aqui sem aviso não imagina que este é o berço do maior escritor do país, traduzido em dezenas de línguas, conhecido pelo seu realismo sofisticado e pelo estilo inovador dos seus últimos romances, com um trabalho elogiado por escritores como José Saramago, Philip Roth e Salman Rushdie. Susan Sontag já chamou Machado de Assis de "o maior escritor já produzido na América Latina", superando até Borges. Em seu livro *Gênio*, de 2002, o crítico Harold Bloom foi ainda mais longe, dizendo que Machado é "o maior escritor negro de todos os tempos".

No Brasil, Machado é o mais próximo que temos de um escritor oficial, uma eminência barbuda cujo rosto estampa selos postais e notas (mil cruzados, alguém lembra?), cujo nome dignifica avenidas, e cujas Obras Completas se encontram nas estantes dos avós — e nas listas de livros de leitura obrigatória no ensino médio. Ele foi Cavaleiro da Ordem Imperial da Rosa e fundador da Academia Brasileira de Letras, onde até hoje recebe os colegas, imortalizado numa estátua, sentado como um imperador numa poltrona imponente de cobre. Porém, apesar de seu legendário status, o lugar onde o maior escritor brasileiro nasceu e viveu sua infância não é um museu, mas um terreno baldio e um pobre cortiço anônimo, sem nem sequer uma placa comemorativa.

Cortiço, digo, pois aqui a última janela é ocupada por uma construção pobre, que usa a fachada antiga como parede frontal, se expandindo para dentro do terreno onde moram cinco famílias. Algumas vivem ali há algumas décadas, a maioria dos moradores herdou a sua parte da família. No interior, as casas são tão humildes quanto vistas de fora. Seus moradores sabem quem foi Machado, mas, com poucas exceções, nunca leram seus livros — nosso herói literário nacional é conhecido como um personagem histórico, mas ainda muito menos lido do que deveria.

Daí a importância deste *Machado, a Cidade e seus Pecados*, que apresenta o autor para novas gerações de leitores, em um novo contexto e roupagem — mas respeitando o texto original, a prosa do gênio que ainda nos assombrará por muito tempo.

Começo este texto na Ladeira do Livramento, 77, pois sou fascinado pelo endereço. O conheci há alguns anos, num cortejo de fim de ano do Cordão do Prata Preta, agremiação carnavalesca do Bairro da Gamboa. Era noite, eu estava com um amigo vencendo a ladeira ao lado dos bumbos e caixas, onde sempre devemos nos postar ao seguir um bloco. Fui comprar uma cerveja num ambulante escorado no muro e ouvi alguém dizendo: "É a casa do Machado de Assis". Antes que eu pudesse fazer alguma pergunta, a luz de um poste explodiu, deixando a rua num breu ainda maior.

Guardei a história e depois disso voltei muitas vezes. Costumo mostrar o muro a amigos que por acaso estejam comigo em aventuras etílicas pela zona portuária do Rio. Ou na área do Poltergeist, como costumo chamar.

Pois o endereço onde Machado nasceu e morou os primeiros oito anos da sua vida fica a apenas quatrocentos metros do cais do Valongo, criado em 1811, que se tornou a maior porta de entrada de escravos africanos do mundo. Ao longo dos três séculos e meio do tráfico negreiro, quando o Rio foi a capital mundial do tráfico de escravos, diz-se que cerca de 3 milhões de africanos escravizados desembarcaram na cidade, dos quais, estima-se, entre 500 mil e um milhão foram negociados no Valongo.

A poucos quarteirões daqui há também um cemitério onde, entre 1770 e 1830, milhares deles foram enterrados — e tampouco há lembrança ou grande monumento público em homenagem às vidas ceifadas pela escravidão. O fato é que esta parte da cidade foi construída sobre um cemitério de escravos, mas por aqui constroem-se aquários e um monumental "Museu do Amanhã" sem nenhum mergulho ao passado. Um museu desse porte na região portuária só poderia ser um grande memorial sobre a escravidão — ou construído apenas depois desse museu, o que mais precisamos.

Machado viveu a maior parte de sua vida em uma cidade com uma enorme população de escravizados — como o Brasil foi o último país do mundo a proibir a escravidão, em 1888, quando a abolição finalmente ocorreu, ele tinha quase cinquenta anos. Negro, de ascendência parcialmente africana, era fruto do casamento entre um pintor de paredes filho de escravos com uma lavadeira açoriana imigrante, adotada como agregada da família de portugueses dona da chácara onde ele nasceu.

Tal contexto está presente, de forma mais ou menos codificada, em toda sua literatura. As sinas de seus personagens, tão bem escolhidas neste *Machado, a Cidade e seus Pecados*, iluminam as arestas mais obscuras da sociedade brasileira. Suas tramas são um pretexto para que o autor retrate a mesquinhez da aristocracia tropical vigente com tintas universais.

Pois são universais — e tão divertidamente brasileiras — a luxúria da "A Senhora do Galvão", a gula do tio de Bentinho, "O Tio Cosme", a avareza do vendedor de colchões Gil Gomes em "Conversão de um Avaro", a ira entre os irmãos Pedro e Paulo em *Esaú e Jacó*, a soberba de Vasconcelos em "O Segredo de Augusta", a inveja infinita de Nicolau em "Verba Testamentária" e a ilustrada preguiça do cônego Matias em "O Cônego ou Metafísica do Estilo".

Mestre da comédia humana, Machado oferece mensagens morais e políticas de forma implícita. Os enredos de folhetim presentes em muitos destes contos e fragmentos capturam com perfeição a superficialidade e a negligência da casta superior do Rio de Janeiro do século XIX. Mas Machado nunca foi um pregador — e o tom nada proselitista dos seus textos torna a mensagem ainda mais áspera.

A prosa deste *Machado, a Cidade e seus Pecados* é, acima de tudo, uma exploração da posição social e moral impossível da classe intermediária — a qual Machado, em suas origens, pertencia — que se situava entre os proprietários e os escravizados. Ainda que em tese essa classe média fosse formada por homens e mulheres "livres", estes dependiam das benesses de seus superiores, e tinham pouca ou nenhuma independência econômica real. Tal como a conservadora classe média brasileira atual, tais personagens viviam acima das suas possibilidades, eternamente endividados, mas com a crença de que faziam parte de uma casta econômica e social "superior". Eles nos fazem lembrar muitos dos brasileiros contemporâneos que, movidos por um preconceito de classe autodestrutivo, votam e apoiam projetos contrários a seus próprios interesses. Enxergam-se como se fossem banqueiros, milionários, proprietários de terra, enquanto mal conseguem pagar seus aluguéis, muitas vezes vivendo de favor.

Pois infelizmente, a mesma falta de consciência de classe ainda perdura, moldada por séculos de uma estrutura social escravocrata. Ela faz parte do mesmo sistema perverso que permite que o berço do maior escritor brasileiro se torne um terreno baldio e um cortiço num cidade que ele nunca deixou, nem mesmo em sua literatura. Acima de tudo, este estado de coisas é o mesmo a permitir que ainda exista algo como um cortiço no Brasil.

Como diz Alexei Bueno, o espectro de Machado persevera, "por todos os recantos do velho Rio de Janeiro" a nos assombrar. E, ultimamente, nada nos faz pensar que não continuaremos, sob o seu *Poltergeist*, tão apegados ao que somos — e, principalmente, ao que não somos ou temos. Tão profundamente machadianos.

J.P. CUENCA
Escritor, cineasta, autor de
Descobri que estava morto (2015).
São Sebastião do Rio de Janeiro, RJ

A IGREJA DO DIABO

— DO LIVRO *HISTÓRIAS SEM DATA*, 1884 —

I
DE UMA IDEIA MIRÍFICA

Conta um velho manuscrito beneditino que o Diabo, em certo dia, teve a ideia de fundar uma igreja. Embora os seus lucros fossem contínuos e grandes, sentia-se humilhado com o papel avulso que exercia desde séculos, sem organização, sem regras, sem cânones, sem ritual, sem nada. Vivia, por assim dizer, dos remanescentes divinos, dos descuidos e obséquios humanos. Nada fixo, nada regular. Por que não teria ele a sua igreja? Uma igreja do Diabo era o meio eficaz de combater as outras religiões, e destruí-las de uma vez.

— Vá, pois, uma igreja, concluiu ele. Escritura contra Escritura, breviário contra breviário. Terei a minha missa, com vinho e pão à farta, as minhas prédicas, bulas, novenas e todo o demais aparelho eclesiástico. O meu credo será o núcleo universal dos espíritos, a minha igreja uma tenda de Abraão. E depois, enquanto as outras religiões se combatem e se dividem, a minha igreja será única; não acharei diante de mim, nem Maomé, nem Lutero. Há muitos modos de afirmar; há só um de negar tudo.

Dizendo isto, o Diabo sacudiu a cabeça e estendeu os braços, com um gesto magnífico e varonil. Em seguida, lembrou-se de ir ter com Deus para comunicar-lhe a ideia, e desafiá-lo; levantou os olhos, acesos de ódio, ásperos de vingança, e disse consigo:

— Vamos, é tempo. E rápido, batendo as asas, com tal estrondo que abalou todas as províncias do abismo, arrancou da sombra para o infinito azul.

II
ENTRE DEUS E O DIABO

Deus recolhia um ancião, quando o Diabo chegou ao céu. Os serafins que engrinaldavam o recém-chegado detiveram-no logo, e o Diabo deixou-se estar à entrada com os olhos no Senhor.

— Que me queres tu? perguntou este.

— Não venho pelo vosso servo Fausto, respondeu o Diabo rindo, mas por todos os Faustos do século e dos séculos.

— Explica-te.

— Senhor, a explicação é fácil; mas permiti que vos diga: recolhei primeiro esse bom velho; dá-lhe o melhor lugar, mandai que as mais afinadas cítaras e alaúdes o recebam com os mais divinos coros...

— Sabes o que ele fez? perguntou o Senhor, com os olhos cheios de doçura.

— Não, mas provavelmente é dos últimos que virão ter convosco. Não tarda muito que o céu fique semelhante a uma casa vazia, por causa do preço, que é alto. Vou edificar uma hospedaria barata; em duas palavras, vou fundar uma igreja. Estou cansado da minha desorganização, do meu reinado casual e adventício. É tempo de obter a vitória final e completa. E então vim dizer-vos isto, com lealdade, para que me não acuseis de dissimulação... Boa ideia, não vos parece?

— Vieste dizê-la, não legitimá-la, advertiu o Senhor.

— Tendes razão, acudiu o Diabo; mas o amor-próprio gosta de ouvir o aplauso dos mestres. Verdade é que neste caso seria o aplauso de um mestre vencido, e uma tal exigência... Senhor, desço à Terra; vou lançar a minha pedra fundamental.

— Vai.

— Quereis que venha anunciar-vos o remate da obra?

— Não é preciso; basta que me digas desde já por que motivo, cansado há tanto da tua desorganização, só agora pensaste em fundar uma igreja?

O Diabo sorriu com certo ar de escárnio e triunfo. Tinha alguma ideia cruel no espírito, algum reparo picante no alforje da memória, qualquer coisa que, nesse breve instante da eternidade, o fazia crer superior ao próprio Deus. Mas recolheu o riso e disse:

— Só agora concluí uma observação, começada desde alguns séculos, e é que as virtudes, filhas do céu, são em grande número comparáveis a rainhas, cujo manto de veludo rematasse em franjas de algodão. Ora, eu proponho-me a puxá-las por essa franja e trazê-las todas para minha igreja; atrás delas virão as de seda pura...

— Velho retórico! murmurou o Senhor.

— Olhai bem. Muitos corpos que ajoelham aos vossos pés, nos templos do mundo, trazem as anquinhas da sala e da rua, os rostos tingem-se do mesmo pó, os lenços cheiram aos mesmos cheiros, as pupilas centelham de curiosidade e devoção entre o livro santo e o bigode do pecado. Vede o ardor — a indiferença, ao menos — com que esse cavalheiro põe em letras públicas os benefícios que liberalmente espalha — ou sejam roupas ou botas, ou moedas, ou quaisquer dessas matérias necessárias à vida... Mas não quero parecer que me detenho em coisas miúdas; não falo, por exemplo, da placidez com que este juiz de irmandade, nas procissões, carrega piedosamente ao peito o vosso amor e uma comenda... Vou a negócios mais altos...

Nisto os serafins agitaram as asas pesadas de fastio e sono. Miguel e Gabriel fitaram no Senhor um olhar de súplica. Deus interrompeu o Diabo.

— Tu és vulgar, que é o pior que pode acontecer a um espírito da tua espécie, replicou-lhe o Senhor. Tudo o que dizes ou digas está dito e redito pelos moralistas do mundo. É assunto gasto; e se não tens força, nem originalidade para renovar um assunto gasto, melhor é que te cales e te retires. Olha; todas as minhas legiões mostram no rosto os sinais vivos do tédio que lhes dás. Esse mesmo ancião parece enjoado; e sabes tu o que ele fez?

— Já vos disse que não.

— Depois de uma vida honesta, teve uma morte sublime. Colhido em um naufrágio, ia salvar-se numa tábua; mas viu um casal de noivos, na flor da vida, que se debatiam já com a morte; deu-lhes a tábua de salvação e mergulhou na eternidade. Nenhum público: a água e o céu por cima. Onde achas aí a franja de algodão?

— Senhor, eu sou, como sabeis, o espírito que nega.

— Negas esta morte?

— Nego tudo. A misantropia pode tomar aspecto de caridade; deixar a vida aos outros, para um misantropo, é realmente aborrecê-los...

— Retórico e sutil! exclamou o Senhor. Vai; vai, funda a tua igreja; chama todas as virtudes, recolhe todas as franjas, convoca todos os homens... Mas, vai! vai!

Debalde o Diabo tentou proferir alguma coisa mais. Deus impusera-lhe silêncio; os serafins, a um sinal divino, encheram o céu com as harmonias de seus cânticos. O Diabo sentiu, de repente, que se achava no ar; dobrou as asas e, como um raio, caiu na Terra.

III
A BOA NOVA AOS HOMENS

Uma vez na Terra, o Diabo não perdeu um minuto. Deu-se pressa em enfiar a cogula beneditina, como hábito de boa fama, e entrou a espalhar uma doutrina nova e extraordinária, com uma voz que reboava nas entranhas do século. Ele prometia aos seus discípulos e fiéis as delícias da Terra, todas as glórias, os deleites mais íntimos. Confessava que era o Diabo; mas confessava-o para retificar a noção que os homens tinham dele e desmentir as histórias que a seu respeito contavam as velhas beatas.

— Sim, sou o Diabo, repetia ele; não o Diabo das noites sulfúreas, dos contos soníferos, terror das crianças, mas o Diabo verdadeiro e único, o próprio gênio da natureza, a que se deu aquele nome para arredá-lo do coração dos homens. Vede-me gentil a airoso. Sou o vosso verdadeiro pai. Vamos lá: tomai daquele nome, inventado para meu desdouro, fazei dele um troféu e um lábaro, e eu vos darei tudo, tudo, tudo, tudo, tudo, tudo...

Era assim que falava, a princípio, para excitar o entusiasmo, espertar os indiferentes, congregar, em suma, as multidões ao pé de si. E elas vieram; e logo que vieram, o Diabo passou a definir a doutrina. A doutrina era a que podia ser na boca de um espírito de negação. Isso quanto à substância, porque, acerca da forma, era umas vezes sutil, outras cínica e deslavada.

Clamava ele que as virtudes aceitas deviam ser substituídas por outras, que eram as naturais e legítimas. A soberba, a luxúria, a preguiça foram reabilitadas, e assim também a avareza, que declarou não ser mais do que a mãe da economia, com a diferença que a mãe era robusta, e a filha uma esgalgada. A ira tinha a melhor defesa na existência de Homero; sem o furor de Aquiles, não haveria a *Ilíada*: "Musa, canta a cólera de Aquiles, filho de Peleu...". O mesmo disse da gula, que produziu as melhores páginas de Rabelais e muitos bons versos do *Hissope*; virtude tão superior que ninguém se lembra das batalhas de Luculo, mas das suas ceias; foi a gula que realmente o fez imortal. Mas, ainda pondo de lado essas razões de ordem literária ou histórica, para só mostrar o valor intrínseco daquela virtude, quem negaria que era muito melhor sentir na boca e no ventre os bons manjares, em grande cópia, do que os maus bocados, ou a saliva do jejum? Pela sua parte o Diabo prometia substituir a vinha do Senhor, expressão metafórica, pela vinha do Diabo, locução direta e verdadeira, pois não faltaria nunca aos seus com o fruto das mais belas cepas do mundo. Quanto à inveja, pregou friamente que era a virtude principal, origem de prosperidades infinitas; virtude preciosa, que chegava a suprir todas as outras, e ao próprio talento.

As turbas corriam atrás dele entusiasmadas. O Diabo incutia-lhes, a grandes golpes de eloquência, toda a nova ordem de coisas, trocando a noção delas, fazendo amar as perversas e detestar as sãs.

Nada mais curioso, por exemplo, do que a definição que ele dava da fraude. Chamava-lhe o braço esquerdo do homem; o braço direito era a força; e concluía: muitos homens são canhotos, eis tudo. Ora, ele não exigia que todos fossem canhotos; não era exclusivista. Que uns fossem canhotos, outros destros; aceitava a todos, menos os que não fossem nada. A demonstração, porém, mais rigorosa e profunda, foi a da venalidade. Um casuísta do tempo chegou a confessar que era um monumento de lógica. A venalidade, disse o

Diabo, era o exercício de um direito superior a todos os direitos. Se tu podes vender a tua casa, o teu boi, o teu sapato, o teu chapéu, coisas que são tuas por uma razão jurídica e legal, mas que, em todo caso, estão fora de ti, como é que não podes vender a tua opinião, o teu voto, a tua palavra, a tua fé, coisas que são mais do que tuas, porque são a tua própria consciência, isto é, tu mesmo? Negá-lo é cair no obscuro e no contraditório. Pois não há mulheres que vendem os cabelos? Não pode um homem vender uma parte do seu sangue para transfundi-lo a outro homem anêmico? E o sangue e os cabelos, partes físicas, terão um privilégio que se nega ao caráter, à porção moral do homem? Demonstrando assim o princípio, o Diabo não se demorou em expor as vantagens de ordem temporal ou pecuniária; depois, mostrou ainda que, à vista do preconceito social, conviria dissimular o exercício de um direito tão legítimo, o que era exercer ao mesmo tempo a venalidade e a hipocrisia, isto é, merecer duplicadamente.

E descia, e subia, examinava tudo, retificava tudo. Está claro que combateu o perdão das injúrias e outras máximas de brandura e cordialidade. Não proibiu formalmente a calúnia gratuita, mas induziu a exercê-la mediante retribuição, ou pecuniária, ou de outra espécie; nos casos, porém, em que ela fosse uma expansão imperiosa da força imaginativa, e nada mais, proibia receber nenhum salário, pois equivalia a fazer pagar a transpiração. Todas as formas de respeito foram condenadas por ele, como elementos possíveis de um certo decoro social e pessoal; salva, todavia, a única exceção do interesse. Mas essa mesma exceção foi logo eliminada, pela consideração de que o interesse, convertendo o respeito em simples adulação, era este o sentimento aplicado e não aquele.

Para rematar a obra, entendeu o Diabo que lhe cumpria cortar por toda a solidariedade humana. Com efeito, o amor do próximo era um obstáculo grave à nova instituição. Ele mostrou que essa regra era uma simples invenção de parasitas e negociantes insolváveis; não se devia dar ao próximo senão indiferença; em alguns casos, ódio ou desprezo. Chegou mesmo à demonstração de que a noção de próximo era errada, e citava esta frase de um padre de Nápoles, aquele fino e letrado Galiani, que escrevia a uma das marquesas do antigo regime: "Leve a breca o próximo! Não há próximo!". A única hipótese em que ele permitia amar ao próximo era quando se tratasse de amar as damas alheias, porque essa espécie de amor tinha a particularidade de não ser outra coisa mais do que o amor do indivíduo a si mesmo. E como alguns discípulos achassem que uma tal explicação, por metafísica, escapava à compreensão das turbas, o Diabo recorreu a um apólogo:

— Cem pessoas tomam ações de um banco, para as operações comuns; mas cada acionista não cuida realmente senão nos seus dividendos: é o que acontece aos adúlteros.

Este apólogo foi incluído no livro da sabedoria.

IV
FRANJAS E FRANJAS

A previsão do Diabo verificou-se. Todas as virtudes cuja capa de veludo acabava em franja de algodão, uma vez puxadas pela franja, deitavam a capa às urtigas e vinham alistar-se na igreja nova. Atrás foram chegando as outras, e o tempo abençoou a instituição. A igreja fundara-se; a doutrina propagava-se; não havia uma região do globo que não a conhecesse, uma língua que não a traduzisse, uma raça que não a amasse. O Diabo alçou brados de triunfo.

Um dia, porém, longos anos depois, notou o Diabo que muitos dos seus fiéis, às escondidas, praticavam as antigas virtudes. Não as praticavam todas, nem integralmente, mas algumas, por partes, e, como digo, às ocultas. Certos glutões recolhiam-se a comer frugalmente três ou quatro vezes por ano, justamente em dias de preceito católico; muitos avaros davam esmolas, à noite, ou nas ruas mal povoadas; vários dilapidadores do erário restituíam-lhe pequenas quantias; os fraudulentos falavam, uma ou outra vez, com o coração nas mãos, mas com o mesmo rosto dissimulado, para fazer crer que estavam embaçando os outros.

A descoberta assombrou o Diabo. Meteu-se a conhecer mais diretamente o mal, e viu que lavrava muito. Alguns casos eram até incompreensíveis, como o de um droguista do Levante, que envenenara longamente uma geração inteira, e com o produto das drogas socorria os filhos das vítimas. No Cairo achou um perfeito ladrão de camelos, que tapava a cara para ir às mesquitas. O Diabo deu com ele à entrada de uma, lançou-lhe em rosto o procedimento; ele negou, dizendo que ia ali roubar o camelo de um drogomano;

roubou-o, com efeito, à vista do Diabo e foi dá-lo de presente a um muezim, que rezou por ele a Alá. O manuscrito beneditino cita muitas outras descobertas extraordinárias, entre elas esta, que desorientou completamente o Diabo. Um dos seus melhores apóstolos era um calabrês, varão de cinquenta anos, insigne falsificador de documentos, que possuía uma bela casa na campanha romana, telas, estátuas, biblioteca etc. Era a fraude em pessoa; chegava a meter-se na cama para não confessar que estava são. Pois esse homem não só não furtava ao jogo como ainda dava gratificações aos criados. Tendo angariado a amizade de um cônego, ia todas as semanas confessar-se com ele, numa capela solitária; e, conquanto não lhe desvendasse nenhuma das suas ações secretas, benzia-se duas vezes, ao ajoelhar-se e ao levantar-se. O Diabo mal pôde crer tamanha aleivosia. Mas não havia duvidar; o caso era verdadeiro.

Não se deteve um instante. O pasmo não lhe deu tempo de refletir, comparar e concluir do espetáculo presente alguma coisa análoga ao passado. Voou de novo ao céu, trêmulo de raiva, ansioso de conhecer a causa secreta de tão singular fenômeno. Deus ouviu-o com infinita complacência; não o interrompeu, não o repreendeu, não triunfou, sequer, daquela agonia satânica. Pôs os olhos nele, e disse:

— Que queres tu, meu pobre Diabo? As capas de algodão têm agora franjas de seda, como as de veludo tiveram franjas de algodão. Que queres tu? É a eterna contradição humana.

A Cidade e seus Pecados

MACHADO DE ASSIS

1839 · 1908

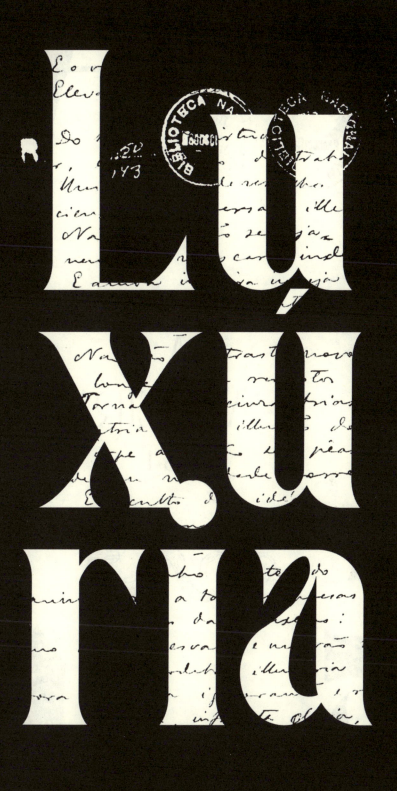

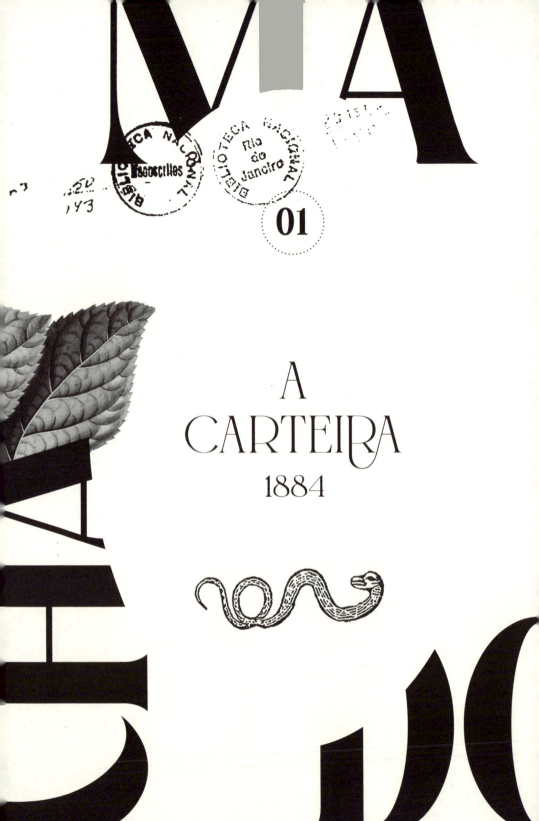

A CARTEIRA
1884

— PUBLICADO NO JORNAL *A Estação*, 1884 —

... de repente, Honório olhou para o chão e viu uma carteira. Abaixar-se, apanhá-la e guardá-la foi obra de alguns instantes. Ninguém o viu, salvo um homem que estava à porta de uma loja, e que, sem o conhecer, lhe disse rindo:

— Olhe, se não dá por ela; perdia-a de uma vez.

— É verdade, concordou Honório envergonhado.

Para avaliar a oportunidade desta carteira, é preciso saber que Honório tem de pagar amanhã uma dívida, quatrocentos e tantos mil-réis, e a carteira trazia o bojo recheado. A dívida não parece grande para um homem da posição de Honório, que advoga; mas todas as quantias são grandes ou pequenas, segundo as circunstâncias, e as dele não podiam ser piores. Gastos de família excessivos, a princípio por servir a parentes, e depois por agradar à mulher, que vivia aborrecida da solidão; baile daqui, jantar dali, chapéus, leques, tanta cousa mais, que não havia remédio senão ir descontando o futuro. Endividou-se. Começou pelas contas de lojas e armazéns; passou aos empréstimos, duzentos a um, trezentos a outro, quinhentos a outro, e tudo a crescer, e os bailes a darem-se, e os jantares a comerem-se, um turbilhão perpétuo, uma voragem.

— Tu agora vais bem, não? dizia-lhe ultimamente o Gustavo C..., advogado e familiar da casa.

— Agora vou, mentiu o Honório.

A verdade é que ia mal. Poucas causas, de pequena monta, e constituintes remissos; por desgraça perdera ultimamente um processo, em que fundara grandes esperanças. Não só recebeu pouco, mas até parece que ele lhe tirou alguma cousa à reputação jurídica; em todo caso, andavam mofinas nos jornais.

D. Amélia não sabia nada; ele não contava nada à mulher, bons ou maus negócios. Não contava nada a ninguém. Fingia-se tão alegre como se nadasse em um mar de prosperidades. Quando o Gustavo, que ia todas as noites à casa dele, dizia uma ou duas pilhérias, ele respondia com três e quatro; e depois ia ouvir os trechos de música alemã, que d. Amélia tocava muito bem ao piano, e que o Gustavo escutava com indizível prazer, ou jogavam cartas, ou simplesmente falavam de política.

Um dia, a mulher foi achá-lo dando muitos beijos à filha, criança de quatro anos, e viu-lhe os olhos molhados; ficou espantada, e perguntou-lhe o que era.

— Nada, nada.

Compreende-se que era o medo do futuro e o horror da miséria. Mas as esperanças voltavam com facilidade. A ideia de que os dias melhores tinham de vir dava-lhe conforto para a luta. Estava com trinta e quatro anos; era o princípio da carreira: todos os princípios são difíceis. E toca a trabalhar, a esperar, a gastar, pedir fiado ou: emprestado, para pagar mal, e a más horas.

A dívida urgente de hoje são uns malditos quatrocentos e tantos mil-réis de carros. Nunca demorou tanto a conta, nem ela cresceu tanto, como agora; e, a rigor, o credor não lhe punha a faca aos peitos; mas disse-lhe hoje uma palavra azeda, com um gesto mau, e Honório quer pagar-lhe hoje mesmo. Eram cinco horas da tarde. Tinha-se lembrado de ir a um agiota, mas voltou sem ousar pedir nada. Ao enfiar pela Rua da Assembleia é que viu a carteira no chão, apanhou-a, meteu no bolso, e foi andando.

Durante os primeiros minutos, Honório não pensou nada; foi andando, andando, andando, até o Largo da Carioca. No Largo parou alguns instantes, — enfiou depois pela Rua da Carioca, mas voltou logo, e entrou na Rua Uruguaiana. Sem saber como, achou-se daí a pouco no Largo de S. Francisco de Paula; e ainda, sem saber como, entrou em um Café. Pediu alguma cousa e encostou-se à parede, olhando para fora. Tinha medo de abrir a carteira; podia não achar nada, apenas papéis e sem valor para ele. Ao mesmo tempo, e esta era a causa principal das reflexões, a consciência perguntava-lhe se podia utilizar-se do dinheiro que achasse. Não lhe perguntava com o ar de quem não sabe, mas antes com uma expressão irônica e de censura. Podia lançar mão do dinheiro, e ir pagar com ele a dívida? Eis o ponto. A consciência acabou por lhe dizer que não podia, que devia levar a carteira à polícia, ou anunciá-la; mas tão depressa acabava de lhe dizer isto, vinham os apuros da ocasião, e puxavam por ele, e convidavam-no a ir pagar a cocheira. Chegavam mesmo a dizer-lhe que, se fosse ele que a tivesse perdido, ninguém iria entregar-lha; insinuação que lhe deu ânimo.

Tudo isso antes de abrir a carteira. Tirou-a do bolso, finalmente, mas com medo, quase às escondidas; abriu-a, e ficou trêmulo. Tinha dinheiro, muito dinheiro; não contou, mas viu duas notas de duzentos mil-réis, algumas de cinquenta e vinte; calculou uns setecentos mil-réis ou mais; quando menos, seiscentos. Era a dívida paga; eram menos algumas despesas urgentes. Honório teve tentações de fechar os olhos, correr à cocheira, pagar, e, depois de paga a dívida, adeus; reconciliar-se-ia consigo. Fechou a carteira, e com medo de a perder, tornou a guardá-la.

Mas daí a pouco tirou-a outra vez, e abriu-a, com vontade de contar o dinheiro. Contar para quê? era dele? Afinal venceu-se e contou: eram setecentos e trinta mil-réis. Honório teve um calafrio. Ninguém viu, ninguém soube; podia ser um lance da fortuna, a sua boa sorte, um anjo... Honório teve pena de não crer nos anjos... Mas por que não havia de crer neles? E voltava ao dinheiro, olhava, passava-o pelas mãos; depois, resolvia o contrário, não usar do achado, restituí-lo. Restituí-lo a quem? Tratou de ver se havia na carteira algum sinal.

"Se houver um nome, uma indicação qualquer, não posso utilizar-me do dinheiro", pensou ele.

Esquadrinhou os bolsos da carteira. Achou cartas, que não abriu, bilhetinhos dobrados, que não leu, e por fim um cartão de visita; leu o nome; era do Gustavo. Mas então, a carteira?... Examinou-a por fora, e pareceu-lhe efetivamente do amigo. Voltou ao interior; achou mais dous cartões, mais três, mais cinco. Não havia duvidar; era dele.

A descoberta entristeceu-o. Não podia ficar com o dinheiro, sem praticar um ato ilícito, e, naquele caso, doloroso ao seu coração porque era em dano de um amigo. Todo o castelo levantado esboroou-se como se fosse de cartas. Bebeu a última gota de café, sem reparar que estava frio. Saiu, e só então reparou que era quase noite. Caminhou para casa. Parece que a necessidade ainda lhe deu uns dous empurrões, mas ele resistiu.

"Paciência, disse ele consigo; verei amanhã o que posso fazer."

Chegando a casa, já ali achou o Gustavo, um pouco preocupado e a própria d. Amélia o parecia também. Entrou rindo, e perguntou ao amigo se lhe faltava alguma cousa.

— Nada.

— Nada?

— Por quê?

— Mete a mão no bolso; não te falta nada?

— Falta-me a carteira, disse o Gustavo sem meter a mão no bolso. Sabes se alguém a achou?

— Achei-a eu, disse Honório entregando-lha.

Gustavo pegou dela precipitadamente, e olhou desconfiado para o amigo. Esse olhar foi para Honório como um golpe de estilete; depois de tanta luta com a necessidade, era um triste prêmio. Sorriu amargamente; e, como o outro lhe perguntasse onde a achara, deu-lhe as explicações precisas.

— Mas conheceste-a?

— Não; achei os teus bilhetes de visita.

Honório deu duas voltas, e foi mudar de toilette para o jantar. Então Gustavo sacou novamente a carteira, abriu-a, foi a um dos bolsos, tirou um dos bilhetinhos, que o outro não quis abrir nem ler, e estendeu-o a d. Amélia, que, ansiosa e trêmula, rasgou-o em trinta mil pedaços: era um bilhetinho de amor.

02

A SENHORA DO GALVÃO

1884

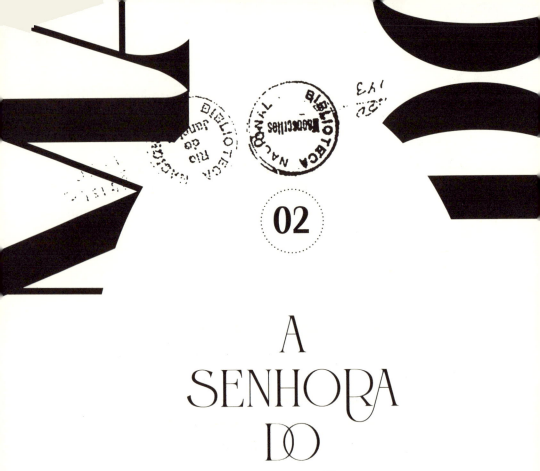

— DO LIVRO *HISTÓRIAS SEM DATA*, 1884 —

Começaram a rosnar dos amores deste advogado com a viúva do brigadeiro, quando eles não tinham ainda passado dos primeiros obséquios. Assim vai o mundo. Assim se fazem algumas reputações más, e, o que parece absurdo, algumas boas. Com efeito, há vidas que só têm prólogo; mas toda a gente fala do grande livro que se lhe segue, e o autor morre com as folhas em branco. No presente caso, as folhas escreveram-se, formando todas um grosso volume de trezentas páginas compactas, sem contar as notas. Estas foram postas no fim, não para esclarecer, mas para recordar os capítulos passados; tal é o método nesses livros de colaboração. Mas a verdade é que eles apenas combinavam no plano, quando a mulher do advogado recebeu este bilhete anônimo: "Não é possível que a senhora se deixe embair mais tempo, tão escandalosamente, por uma de suas amigas, que se consola da viuvez seduzindo os maridos alheios, quando bastava conservar os cachos...". Que cachos? Maria Olímpia não perguntou que cachos eram; eram da viúva do brigadeiro, que os trazia por gosto, e não por moda. Creio que isto se passou em 1853.

Maria Olímpia leu e releu o bilhete; examinou a letra, que lhe pareceu de mulher e disfarçada, e percorreu mentalmente a primeira linha das suas amigas, a ver se descobria a autora. Não descobriu nada, dobrou o papel e fitou o tapete do chão, caindo-lhe os olhos justamente no ponto do desenho em que dois pombinhos ensinavam um ao outro a maneira de fazer de dois bicos um bico. Há dessas ironias do acaso, que dão vontade de destruir o universo. Afinal meteu o bilhete no bolso do vestido e encarou a mucama, que esperava por ela, e que lhe perguntou:

— Nhanhã não quer mais ver o xale?

Maria Olímpia pegou no xale que a mucama lhe dava e foi pô-lo aos ombros, defronte do espelho. Achou que lhe ficava bem, muito melhor que à viúva. Cotejou as suas graças com as da outra. Nem os olhos nem a boca eram comparáveis; a viúva tinha os ombros estreitinhos, a cabeça grande, e o andar feio. Era alta; mas que tinha ser alta? E os trinta e cinco anos de idade, mais nove que ela? Enquanto fazia essas reflexões, ia compondo, pregando e despregando o xale.

— Este parece melhor que o outro, aventurou a mucama.

— Não sei... disse a senhora, chegando-se mais para a janela, com os dois nas mãos.

— Bota o outro, nhanhã.

A nhanhã obedeceu. Experimentou cinco xales dos dez que ali estavam, em caixas, vindos de uma loja da Rua da Ajuda. Concluiu que os dois primeiros eram os melhores; mas aqui surgiu uma complicação — mínima, realmente — mas tão sutil e profunda na solução que não vacilo em recomendá-la aos nossos pensadores de 1906. A questão era saber qual dos dois xales escolheria, uma vez que o marido, recente advogado, pedia-lhe que fosse econômica. Contemplava-os alternadamente, e ora preferia um, ora outro. De repente, lembrou-lhe a aleivosia do marido, a necessidade de mortificá-lo, castigá-lo, mostrar-lhe que não era peteca de ninguém, nem maltrapilha; e, de raiva, comprou ambos os xales.

Ao bater das quatro horas (era a hora do marido) nada de marido. Nem às quatro, nem às quatro e meia. Maria Olímpia imaginava uma porção de coisas aborrecidas, ia à janela, tornava a entrar, temia um desastre ou doença repentina; pensou também que fosse uma sessão do júri. Cinco horas, e nada. Os cachos da viúva também negrejavam diante dela, entre a doença e o júri, com uns tons de azul-ferrete, que era provavelmente a cor do diabo. Realmente era para exaurir a paciência de uma moça de vinte e seis anos. Vinte e seis anos; não tinha mais. Era filha de um deputado do tempo da Regência, que a deixou menina; e foi uma tia que a educou com muita distinção. A tia não a levou muito cedo a bailes e espetáculos. Era religiosa, conduziu-a primeiro à igreja. Maria Olímpia tinha a vocação da vida exterior, e, nas procissões e missas cantadas, gostava principalmente do rumor, da pompa; a devoção era sincera, tíbia e distraída. A primeira coisa que ela via na tribuna das igrejas era a si mesma. Tinha um gosto particular em olhar de cima para baixo, fitar a multidão das mulheres ajoelhadas ou sentadas, e os rapazes, que, por baixo do coro ou nas portas laterais, temperavam com atitudes namoradas as cerimônias latinas. Não entendia os sermões; o resto, porém, orquestra, canto, flores, luzes, sanefas, ouros, gentes, tudo exercia nela um singular feitiço. Magra devoção, que escasseou ainda mais com o primeiro espetáculo e o primeiro baile. Não alcançou a Candiani, mas ouviu a Ida Edelvira, dançou à larga, e ganhou fama de elegante.

Eram cinco horas e meia quando o Galvão chegou. Maria Olímpia, que então passeava na sala, tão depressa lhe ouviu os pés, fez o que faria qualquer outra senhora na mesma situação: pegou de um jornal de modas e sentou-se, lendo, com um grande ar de pouco caso. Galvão entrou ofegante, risonho, cheio de carinhos, perguntando-lhe se estava zangada, e jurando que tinha um motivo para a demora, um motivo que ela havia de agradecer, se soubesse...

— Não é preciso, interrompeu ela friamente.

Levantou-se; foram jantar. Falaram pouco; ela menos que ele, mas em todo o caso, sem parecer magoada. Pode ser que entrasse a duvidar da carta anônima; pode ser também que os dois xales lhe pesassem na consciência. No fim do jantar, Galvão explicou a demora; tinha ido, a pé, ao teatro Provisório, comprar um camarote para essa noite: davam os Lombardos. De lá, na volta, foi encomendar um carro...

— Os Lombardos? interrompeu Maria Olímpia.

— Sim; canta o Laboceta, canta a Jacobson; há bailado. Você nunca ouviu os Lombardos?

— Nunca.

— E aí está por que me demorei. Que é que você merecia agora? Merecia que eu lhe cortasse a ponta desse narizinho arrebitado...

Como ele acompanhasse o dito com um gesto, ela recuou a cabeça; depois acabou de tomar o café. Tenhamos pena da alma desta moça. Os primeiros acordes dos Lombardos ecoavam nela, enquanto a carta anônima lhe trazia uma nota lúgubre, espécie de Réquiem.

E por que é que a carta não seria uma calúnia? Naturalmente não era outra coisa: alguma invenção de inimigas ou para afligi--la, ou para fazê-los brigar. Era isto mesmo. Entretanto, uma vez que estava avisada, não os perderia de vista. Aqui acudiu-lhe uma ideia: consultou o marido se mandaria convidar a viúva.

— Não, respondeu ele; o carro só tem dois lugares, e eu não hei de ir na boleia.

Maria Olímpia sorriu de contente, e levantou-se. Há muito tempo que tinha vontade de ouvir os Lombardos. Vamos aos Lombardos! Trá, lá, lá, lá... Meia hora depois foi vestir-se.

Galvão, quando a viu pronta daí a pouco, ficou encantado. Minha mulher é linda, pensou ele; e fez um gesto para estreitá-la ao peito; mas a mulher recuou, pedindo-lhe que não a amarrotasse. E, como ele, por umas veleidades de camareiro, pretendeu consertar--lhe a pluma do cabelo, ela disse-lhe enfastiada:

— Deixa, Eduardo! Já veio o carro?

Entraram no carro e seguiram para o teatro. Quem é que estava no camarote contíguo ao deles? Justamente a viúva e a mãe. Esta coincidência, filha do acaso, podia fazer crer algum ajuste prévio. Maria Olímpia chegou a suspeitá-lo; mas a sensação da entrada não lhe deu tempo de examinar a suspeita. Toda a sala voltara-se para vê-la, e ela bebeu, a tragos demorados, o leite da admiração pública. Demais, o marido teve a inspiração, maquiavélica, de lhe dizer ao ouvido: "Antes a mandasses convidar; ficava-nos devendo o favor". Qualquer suspeita cairia diante desta palavra. Contudo, ela cuidou de os não perder de vista — e renovou a resolução de cinco em cinco minutos, durante meia hora, até que, não podendo fixar a atenção, deixou-a andar. Lá vai ela, inquieta, vai direito ao clarão das luzes, ao esplendor dos vestuários, um pouco à ópera, como pedindo a todas as coisas alguma sensação deleitosa em que se espreguice uma alma fria e pessoal. E volta depois à própria dona, ao seu leque, às suas luvas, aos adornos do vestido, realmente magníficos. Nos intervalos, conversando com a viúva, Maria Olímpia tinha a voz e os gestos do costume, sem cálculo, sem esforço, sem ressentimento, esquecida da carta.

Justamente nos intervalos é que o marido, com uma discrição rara entre os filhos dos homens, ia para os corredores ou para o saguão pedir notícias do ministério.

Juntas saíram do camarote, no fim, e atravessaram os corredores. A modéstia com que a viúva trajava podia realçar a magnificência da amiga. As feições, porém, não eram o que esta afirmou, quando ensaiava os xales de manhã. Não, senhor; eram engraçadas, e tinham um certo pico original. Os ombros proporcionais e bonitos. Não contava trinta e cinco anos, mas trinta e um; nasceu em 1822, na véspera da independência, tanto que o pai, por brincadeira, entrou a chamá-la Ipiranga, e ficou-lhe esta alcunha entre as amigas.

Demais, lá estava em Santa Rita o assentamento de batismo.

Uma semana depois, recebeu Maria Olímpia outra carta anônima. Era mais longa e explícita. Vieram outras, uma por semana, durante três meses. Maria Olímpia leu as primeiras com algum aborrecimento; as seguintes foram calejando a sensibilidade. Não havia dúvida que o marido demorava-se fora, muitas vezes, ao contrário do que fazia dantes, ou saía à noite e regressava tarde; mas, segundo dizia, gastava o tempo no Wallerstein ou no Bernardo, em palestras políticas. E isto era verdade, uma verdade de cinco a dez minutos, o tempo necessário para recolher alguma anedota ou novidade, que pudesse repetir em casa, à laia de documento. Dali seguia para o largo de São Francisco, e metia-se no ônibus.

Tudo era verdade. E, contudo, ela continuava a não crer nas cartas. Ultimamente, não se dava mais ao trabalho de as refutar consigo; lia-as uma só vez, e rasgava-as. Com o tempo foram surgindo alguns indícios menos vagos, pouco a pouco, ao modo do aparecimento da terra aos navegantes; mas este Colombo teimava em não crer na América.

Negava o que via; não podendo negá-lo, interpretava-o; depois recordava algum caso de alucinação, uma anedota de aparências ilusórias, e nesse travesseiro cômodo e mole punha a cabeça e dormia. Já então, prosperando-lhe o escritório, dava o Galvão partidas e jantares, iam a bailes, teatros, corridas de cavalos. Maria Olímpia vivia alegre, radiante; começava a ser um dos nomes da moda. E andava muita vez com a viúva, a despeito das cartas, a tal ponto que uma destas lhe dizia: "Parece que é melhor não escrever mais, uma vez que a senhora se regala numa comborçaria de mau gosto". Que era comborçaria? Maria Olímpia quis perguntá-lo ao marido, mas esqueceu o termo, e não pensou mais nisso.

Entretanto, constou ao marido que a mulher recebia cartas pelo correio. Cartas de quem? Esta notícia foi um golpe duro e inesperado. Galvão examinou de memória as pessoas que lhe frequentavam a casa, as que podiam encontrá-la em teatros ou bailes, e achou muitas figuras verossímeis. Em verdade, não lhe faltavam adoradores.

— Cartas de quem? repetia ele mordendo o beiço e franzindo a testa.

Durante sete dias passou uma vida inquieta e aborrecida, espiando a mulher e gastando em casa grande parte do tempo. No oitavo dia, veio uma carta.

— Para mim? disse ele vivamente.

— Não; é para mim, respondeu Maria Olímpia, lendo o sobrescrito; parece letra de Mariana ou de Lulu Fontoura...

Não queria lê-la; mas o marido disse que a lesse; podia ser alguma notícia grave.

Maria Olímpia leu a carta e dobrou-a, sorrindo; ia guardá-la, quando o marido desejou ver o que era.

— Você sorriu, disse ele gracejando; há de ser algum epigrama comigo.

— Qual! é um negócio de moldes.

— Mas deixa ver.

— Para quê, Eduardo?

— Que tem? Você, que não quer mostrar, por algum motivo há de ser. Dê cá.

Já não sorria; tinha a voz trêmula. Ela ainda recusou a carta, uma, duas, três vezes.

Teve mesmo ideia de rasgá-la, mas era pior, e não conseguiria fazê-lo até o fim. Realmente, era uma situação original. Quando ela viu que não tinha remédio, determinou ceder. Que melhor ocasião para ler no rosto dele a expressão da verdade? A carta era das mais explícitas; falava da viúva em termos crus. Maria Olímpia entregou-lha.

— Não queria mostrar esta, disse-lhe ela primeiro, como não mostrei outras que tenho recebido e botado fora; são tolices, intrigas, que andam fazendo para... Leia, leia a carta.

Galvão abriu a carta e deitou-lhe os olhos ávidos. Ela enterrou a cabeça na cintura, para ver de perto a franja do vestido. Não o viu empalidecer. Quando ele, depois de alguns minutos, proferiu duas ou três palavras, tinha já a fisionomia composta e um esboço de sorriso. Mas a mulher, que o não adivinhava, respondeu ainda de cabeça baixa; só a levantou daí a três ou quatro minutos, e não para fitá-lo de uma vez, mas aos pedaços, como se temesse descobrir-lhe nos olhos a confirmação do anônimo. Vendo-lhe, ao contrário, um sorriso, achou que era o da inocência, e falou de outra coisa.

Redobraram as cautelas do marido; parece também que ele não pôde esquivar-se a um tal ou qual sentimento de admiração para com a mulher. Pela sua parte, a viúva, tendo notícia das cartas, sentiu-se envergonhada; mas reagiu depressa, e requintou de maneiras afetuosas com a amiga.

Na segunda ou terceira semana de agosto, Galvão fez-se sócio do Cassino Fluminense. Era um dos sonhos da mulher. A seis de setembro fazia anos a viúva, como sabemos. Na véspera, foi Maria Olímpia (com a tia que chegara de fora) comprar-lhe um mimo: era uso entre elas. Comprou-lhe um anel. Viu na mesma casa uma joia engraçada, uma meia-lua de diamantes para o cabelo, emblema de Diana, que lhe iria muito bem sobre a testa. De Maomé que fosse; todo o emblema de diamantes é cristão. Maria Olímpia pensou naturalmente na primeira noite do Cassino; e a tia, vendo-lhe o desejo, quis comprar a joia, mas era tarde, estava vendida.

Veio a noite do baile. Maria Olímpia subiu comovida as escadas do Cassino.

Pessoas que a conheceram naquele tempo dizem que o que ela achava na vida exterior era a sensação de uma grande carícia pública, a distância; era a sua maneira de ser amada.

Entrando no Cassino, ia recolher nova cópia de admirações, e não se enganou, porque elas vieram, e de fina casta.

Foi pelas dez horas e meia que a viúva ali apareceu. Estava realmente bela, trajada a primor, tendo na cabeça a meia-lua de diamantes. Ficava-lhe bem o diabo da joia, com as duas pontas para cima, emergindo do cabelo negro. Toda a gente admirou sempre a viúva naquele salão. Tinha muitas amigas, mais ou menos íntimas, não poucos adoradores, e possuía um gênero de espírito que espertava com as grandes luzes. Certo secretário de legação não cessava de a recomendar aos diplomatas novos: "*Causez avec Mme. Tavares; c'est adorable!*".[1] Assim era nas outras noites; assim foi nesta.

— Hoje quase não tenho tido tempo de estar com você, disse ela a Maria Olímpia, perto de meia-noite.

— Naturalmente, disse a outra abrindo e fechando o leque; e, depois de umedecer os lábios, como para chamar a eles todo o veneno que tinha no coração:

— Ipiranga, você está hoje uma viúva deliciosa... Vem seduzir mais algum marido?

A viúva empalideceu, e não pôde dizer nada. Maria Olímpia acrescentou, com os olhos, alguma coisa que a humilhasse bem, que lhe respingasse lama no triunfo. Já no resto da noite falaram pouco; três dias depois romperam para nunca mais.

---

1 "Conversem com a sra. Tavares, é adorável", em francês.

"No fim do jantar, Galvão explicou a demora; tinha ido, a pé, ao teatro Provisório, comprar um camarote para essa noite: davam os Lombardos. De lá, na volta, foi encomendar um carro..."

A Cidade e seus Pecados

MACHADO DE ASSIS

1839 · 1908

ira

03

A CARTOMANTE

1884

— PUBLICADO NA *GAZETA DE NOTÍCIAS*, 1884,
E NO LIVRO *VÁRIAS HISTÓRIAS*, 1896 —

Hamlet observa a Horácio que há mais cousas no céu e na terra do que sonha a nossa filosofia. Era a mesma explicação que dava a bela Rita ao moço Camilo, numa sexta-feira de novembro de 1869, quando este ria dela, por ter ido na véspera consultar uma cartomante; a diferença é que o fazia por outras palavras.

— Ria, ria. Os homens são assim; não acreditam em nada. Pois saiba que fui, e que ela adivinhou o motivo da consulta, antes mesmo que eu lhe dissesse o que era. Apenas começou a botar as cartas, disse-me: "A senhora gosta de uma pessoa...". Confessei que sim, e então ela continuou a botar as cartas, combinou-as, e no fim declarou-me que eu tinha medo de que você me esquecesse, mas que não era verdade...

— Errou! interrompeu Camilo, rindo.

— Não diga isso, Camilo. Se você soubesse como eu tenho andado, por sua causa. Você sabe; já lhe disse. Não ria de mim, não ria...

Camilo pegou-lhe nas mãos, e olhou para ela sério e fixo. Jurou que lhe queria muito, que os seus sustos pareciam de criança; em todo o caso, quando tivesse algum receio, a melhor cartomante era ele mesmo. Depois, repreendeu-a; disse-lhe que era imprudente andar por essas casas. Vilela podia sabê-lo, e depois...

— Qual saber! tive muita cautela, ao entrar na casa.

— Onde é a casa?

— Aqui perto, na Rua da Guarda Velha; não passava ninguém nessa ocasião. Descansa; eu não sou maluca.

Camilo riu outra vez:

— Tu crês deveras nessas cousas? perguntou-lhe.

Foi então que ela, sem saber que traduzia Hamlet em vulgar, disse-lhe que havia muita cousa misteriosa e verdadeira neste mundo. Se ele não acreditava, paciência; mas o certo é que a cartomante adivinhara tudo. Que mais? A prova é que ela agora estava tranquila e satisfeita.

Cuido que ele ia falar, mas reprimiu-se. Não queria arrancar-lhe as ilusões. Também ele, em criança, e ainda depois, foi supersticioso, teve um arsenal inteiro de crendices, que a mãe lhe incutiu e que aos vinte anos desapareceram. No dia em que deixou cair toda essa vegetação parasita, e ficou só o tronco da religião, ele, como tivesse recebido da mãe ambos os ensinos, envolveu-os na mesma dúvida, e logo depois em uma só negação total. Camilo não acreditava em nada. Por quê? Não poderia dizê-lo, não possuía um só argumento: limitava-se a negar tudo. E digo mal, porque negar é ainda afirmar, e ele não formulava a incredulidade; diante do mistério, contentou-se em levantar os ombros, e foi andando.

Separaram-se contentes, ele ainda mais que ela. Rita estava certa de ser amada; Camilo, não só o estava, mas via-a estremecer e arriscar-se por ele, correr às cartomantes, e, por mais que a repreendesse, não podia deixar de sentir-se lisonjeado. A casa do encontro era na antiga Rua dos Barbonos, onde morava uma comprovinciana de Rita. Esta desceu pela Rua das Mangueiras, na direção de Botafogo, onde residia; Camilo desceu pela da Guarda Velha, olhando de passagem para a casa da cartomante.

Vilela, Camilo e Rita, três nomes, uma aventura e nenhuma explicação das origens. Vamos a ela. Os dois primeiros eram amigos de infância. Vilela seguiu a carreira de magistrado. Camilo entrou no funcionalismo, contra a vontade do pai, que queria vê-lo médico; mas o pai morreu, e Camilo preferiu não ser nada, até que a mãe lhe arranjou um emprego público. No princípio de 1869, voltou Vilela da província, onde casara com uma dama formosa e tonta; abandonou a magistratura e veio abrir banca de advogado. Camilo arranjou-lhe casa para os lados de Botafogo, e foi a bordo recebê-lo.

— É o senhor? exclamou Rita, estendendo-lhe a mão. Não imagina como meu marido é seu amigo, falava sempre do senhor.

Camilo e Vilela olharam-se com ternura. Eram amigos deveras. Depois, Camilo confessou de si para si que a mulher do Vilela não desmentia as cartas do marido. Realmente, era graciosa e viva nos gestos, olhos cálidos, boca fina e interrogativa. Era um pouco mais velha que ambos: contava trinta anos, Vilela vinte e nove e Camilo vinte e seis. Entretanto, o porte grave de Vilela fazia-o parecer mais velho que a mulher, enquanto Camilo era um ingênuo na vida moral e prática. Faltava-lhe tanto a ação do tempo, como os óculos de cristal, que a natureza põe no berço de alguns para adiantar os anos. Nem experiência, nem intuição.

Uniram-se os três. Convivência trouxe intimidade. Pouco depois morreu a mãe de Camilo, e nesse desastre, que o foi, os dois mostraram-se grandes amigos dele. Vilela cuidou do enterro, dos sufrágios e do inventário; Rita tratou especialmente do coração, e ninguém o faria melhor.

Como daí chegaram ao amor, não o soube ele nunca. A verdade é que gostava de passar as horas ao lado dela, era a sua enfermeira moral, quase uma irmã, mas principalmente era mulher e bonita. *Odor di femmina*: eis o que ele aspirava nela, e em volta dela, para incorporá-lo em si próprio. Liam os mesmos livros, iam juntos a teatros e passeios. Camilo ensinou-lhe as damas e o xadrez e jogavam às noites; — ela mal, — ele, para lhe ser agradável, pouco menos mal. Até aí as cousas. Agora a ação da pessoa, os olhos teimosos de Rita, que procuravam muita vez os dele, que os consultavam antes de o fazer ao marido, as mãos frias, as atitudes insólitas. Um dia, fazendo ele anos, recebeu de Vilela uma rica bengala de presente e de Rita apenas um cartão com um vulgar cumprimento a lápis, e foi então que ele pôde ler no próprio coração, não conseguia arrancar os olhos do bilhetinho. Palavras vulgares; mas há vulgaridades sublimes, ou, pelo menos, deleitosas. A velha caleça de praça, em que pela primeira vez passeaste com a mulher amada, fechadinhos ambos, vale o carro de Apolo. Assim é o homem, assim são as cousas que o cercam.

Camilo quis sinceramente fugir, mas já não pôde. Rita, como uma serpente, foi-se acercando dele, envolveu-o todo, fez-lhe estalar os ossos num espasmo, e pingou-lhe o veneno na boca. Ele ficou atordoado e subjugado. Vexame, sustos, remorsos, desejos, tudo sentiu de mistura, mas a batalha foi curta e a vitória delirante. Adeus, escrúpulos! Não tardou que o sapato se acomodasse ao pé, e aí foram ambos, estrada fora, braços dados, pisando folgadamente por cima de ervas e pedregulhos, sem padecer nada mais que algumas saudades, quando estavam ausentes um do outro. A confiança e estima de Vilela continuavam a ser as mesmas.

Um dia, porém, recebeu Camilo uma carta anônima, que lhe chamava imoral e pérfido, e dizia que a aventura era sabida de todos. Camilo teve medo, e, para desviar as suspeitas, começou a rarear as visitas à casa de Vilela. Este notou-lhe as ausências. Camilo respondeu que o motivo era uma paixão frívola de rapaz. Candura gerou astúcia. As ausências prolongaram-se, e as visitas cessaram inteiramente. Pode ser que entrasse também nisso um pouco de amor-próprio, uma intenção de diminuir os obséquios do marido, para tornar menos dura a aleivosia do ato.

Foi por esse tempo que Rita, desconfiada e medrosa, correu à cartomante para consultá-la sobre a verdadeira causa do procedimento de Camilo. Vimos que a cartomante restituiu-lhe a confiança, e que o rapaz repreendeu-a por ter feito o que fez. Correram ainda algumas semanas. Camilo recebeu mais duas ou três cartas anônimas, tão apaixonadas, que não podiam ser advertência da virtude, mas despeito de algum pretendente; tal foi a opinião de Rita, que, por outras palavras mal compostas, formulou este pensamento: — a virtude é preguiçosa e avara, não gasta tempo nem papel; só o interesse é ativo e pródigo.

Nem por isso Camilo ficou mais sossegado; temia que o anônimo fosse ter com Vilela, e a catástrofe viria então sem remédio. Rita concordou que era possível.

— Bem, disse ela; eu levo os sobrescritos para comparar a letra com as das cartas que lá aparecerem; se alguma for igual, guardo-a e rasgo-a...

Nenhuma apareceu; mas daí a algum tempo Vilela começou a mostrar-se sombrio, falando pouco, como desconfiado. Rita deu-se pressa em dizê-lo ao outro, e sobre isso deliberaram. A opinião dela é que Camilo devia tornar à casa deles, tatear o marido, e pode ser até que lhe ouvisse a confidência de algum negócio particular. Camilo divergia; aparecer depois de tantos meses era confirmar a suspeita ou denúncia. Mais valia acautelarem-se, sacrificando-se por algumas semanas. Combinaram os meios de se corresponderem, em caso de necessidade, e separaram-se com lágrimas.

No dia seguinte, estando na repartição, recebeu Camilo este bilhete de Vilela: "Vem já, já, à nossa casa; preciso falar-te sem demora." Era mais de meio-dia. Camilo saiu logo; na rua, advertiu que teria sido mais natural chamá-lo ao escritório; por que em casa? Tudo indicava matéria especial, e a letra, fosse realidade ou ilusão, afigurou-se-lhe trêmula. Ele combinou todas essas cousas com a notícia da véspera.

— Vem já, já, à nossa casa; preciso falar-te sem demora, — repetia ele com os olhos no papel.

Imaginariamente, viu a ponta da orelha de um drama, Rita subjugada e lacrimosa, Vilela indignado, pegando da pena e escrevendo o bilhete, certo de que ele acudiria, e esperando-o para matá-lo. Camilo estremeceu, tinha medo: depois sorriu amarelo, e em todo caso repugnava-lhe a ideia de recuar, e foi andando. De caminho, lembrou-se de ir a casa; podia achar algum recado de Rita, que lhe explicasse tudo. Não achou nada, nem ninguém. Voltou à rua, e a ideia de estarem descobertos parecia-lhe cada vez mais verossímil; era natural uma denúncia anônima, até da própria pessoa que o ameaçara antes; podia ser que Vilela conhecesse agora tudo. A mesma suspensão das suas visitas, sem motivo aparente, apenas com um pretexto fútil, viria confirmar o resto.

Camilo ia andando inquieto e nervoso. Não relia o bilhete, mas as palavras estavam decoradas, diante dos olhos, fixas, ou então, — o que era ainda pior, — eram-lhe murmuradas ao ouvido, com a própria voz de Vilela. "Vem já, já, à nossa casa; preciso falar-te sem demora." Ditas assim, pela voz do outro, tinham um tom de mistério e ameaça. Vem, já, já, para quê? Era perto de uma hora da tarde. A comoção crescia de minuto a minuto. Tanto imaginou o que se iria passar, que chegou a crê-lo e vê-lo. Positivamente, tinha medo. Entrou a cogitar em ir armado, considerando que, se nada houvesse, nada perdia, e a precaução era útil. Logo depois rejeitava a ideia, vexado de si mesmo, e seguia, picando o passo, na direção do Largo da Carioca, para entrar num tílburi. Chegou, entrou e mandou seguir a trote largo.

"Quanto antes, melhor, pensou ele; não posso estar assim..."

Mas o mesmo trote do cavalo veio agravar-lhe a comoção. O tempo voava, e ele não tardaria a entestar com o perigo. Quase no fim da Rua da Guarda Velha, o tílburi teve de parar, a rua estava atravancada com uma carroça, que caíra. Camilo, em si mesmo, estimou o obstáculo, e esperou. No fim de cinco minutos, reparou que ao lado, à esquerda, ao pé do tílburi, ficava a casa da cartomante, a quem Rita consultara uma vez, e nunca ele desejou tanto crer na lição das cartas. Olhou, viu as janelas fechadas, quando todas as outras estavam abertas e pejadas de curiosos do incidente da rua. Dir-se-ia a morada do indiferente Destino.

Camilo reclinou-se no tílburi, para não ver nada. A agitação dele era grande, extraordinária, e do fundo das camadas morais emergiam alguns fantasmas de outro tempo, as velhas crenças, as superstições antigas. O cocheiro propôs-lhe voltar à primeira travessa, e ir por outro caminho: ele respondeu que não, que esperasse.

E inclinava-se para fitar a casa... Depois fez um gesto incrédulo: era a ideia de ouvir a cartomante, que lhe passava ao longe, muito longe, com vastas asas cinzentas; desapareceu, reapareceu, e tornou a esvair-se no cérebro; mas daí a pouco moveu outra vez as asas, mais perto, fazendo uns giros concêntricos... Na rua, gritavam os homens, safando a carroça:

— Anda! agora! empurra! vá! vá!

Daí a pouco estaria removido o obstáculo. Camilo fechava os olhos, pensava em outras cousas: mas a voz do marido sussurrava-lhe a orelhas as palavras da carta: "Vem, já, já..." E ele via as contorções do drama e tremia. A casa olhava para ele. As pernas queriam descer e entrar. Camilo achou-se diante de um longo véu opaco... pensou rapidamente no inexplicável de tantas cousas. A voz da mãe repetia-lhe uma porção de casos extraordinários: e a mesma frase do príncipe de Dinamarca reboava-lhe dentro: "Há mais cousas no céu e na terra do que sonha a filosofia..." Que perdia ele, se...?

Deu por si na calçada, ao pé da porta: disse ao cocheiro que esperasse, e rápido enfiou pelo corredor, e subiu a escada. A luz era pouca, os degraus comidos dos pés, o corrimão pegajoso; mas ele não, viu nem sentiu nada. Trepou e bateu. Não aparecendo ninguém, teve ideia de descer; mas era tarde, a curiosidade fustigava-lhe o sangue, as fontes latejavam-lhe; ele tornou a bater uma, duas, três pancadas. Veio uma mulher; era a cartomante. Camilo disse que ia consultá-la, ela fê-lo entrar. Dali subiram ao sótão, por uma escada ainda pior que a primeira e mais escura. Em cima, havia uma salinha, mal alumiada por uma janela, que dava para o telhado dos fundos. Velhos trastes, paredes sombrias, um ar de pobreza, que antes aumentava do que destruía o prestígio.

A cartomante fê-lo sentar diante da mesa, e sentou-se do lado oposto, com as costas para a janela, de maneira que a pouca luz de fora batia em cheio no rosto de Camilo. Abriu uma gaveta e tirou um baralho de cartas compridas e enxovalhadas. Enquanto as baralhava, rapidamente, olhava para ele, não de rosto, mas por baixo dos olhos. Era uma mulher de quarenta anos, italiana, morena e magra, com grandes olhos sonsos e agudos. Voltou três cartas sobre a mesa, e disse-lhe:

— Vejamos primeiro o que é que o traz aqui. O senhor tem um grande susto...

Camilo, maravilhado, fez um gesto afirmativo.

— E quer saber, continuou ela, se lhe acontecerá alguma cousa ou não...

— A mim e a ela, explicou vivamente ele.

A cartomante não sorriu: disse-lhe só que esperasse. Rápido pegou outra vez das cartas e baralhou-as, com os longos dedos finos, de unhas descuradas; baralhou-as bem, transpôs os maços, uma, duas, três vezes; depois começou a estendê-las. Camilo tinha os olhos nela curioso e ansioso.

— As cartas dizem-me...

Camilo inclinou-se para beber uma a uma as palavras. Então ela declarou-lhe que não tivesse medo de nada. Nada aconteceria nem a um nem a outro; ele, o terceiro, ignorava tudo. Não obstante, era indispensável muita cautela: ferviam invejas e despeitos. Falou-lhe do amor que os ligava, da beleza de Rita... Camilo estava deslumbrado. A cartomante acabou, recolheu as cartas e fechou-as na gaveta.

— A senhora restituiu-me a paz ao espírito, disse ele estendendo a mão por cima da mesa e apertando a da cartomante.

Esta levantou-se, rindo.

— Vá, disse ela; vá, *ragazzo innamorato*...

E de pé, com o dedo indicador, tocou-lhe na testa. Camilo estremeceu, como se fosse a mão da própria sibila, e levantou-se também. A cartomante foi à cômoda, sobre a qual estava um prato com passas, tirou um cacho destas, começou a despencá-las e comê-las, mostrando duas fileiras de dentes que desmentiam as unhas. Nessa mesma ação comum, a mulher tinha um ar particular. Camilo, ansioso por sair, não sabia como pagasse; ignorava o preço.

— Passas custam dinheiro, disse ele afinal, tirando a carteira. Quantas quer mandar buscar?

— Pergunte ao seu coração, respondeu ela.

Camilo tirou uma nota de dez mil-réis, e deu-lha. Os olhos da cartomante fuzilaram. O preço usual era dois mil-réis.

— Vejo bem que o senhor gosta muito dela... E faz bem; ela gosta muito do senhor. Vá, vá, tranquilo. Olhe a escada, é escura; ponha o chapéu...

A cartomante tinha já guardado a nota na algibeira, e descia com ele, falando, com um leve sotaque. Camilo despediu-se dela embaixo, e desceu a escada que levava à rua, enquanto a cartomante, alegre com a paga, tornava acima, cantarolando uma barcarola. Camilo achou o tílburi esperando; a rua estava livre. Entrou e seguiu a trote largo.

Tudo lhe parecia agora melhor, as outras cousas traziam outro aspecto, o céu estava límpido e as caras joviais. Chegou a rir dos seus receios, que chamou pueris; recordou os termos da carta de Vilela e reconheceu que eram íntimos e familiares. Onde é que ele lhe descobrira a ameaça? Advertiu também que eram urgentes, e que fizera mal em demorar-se tanto; podia ser algum negócio grave e gravíssimo.

— Vamos, vamos depressa, repetia ele ao cocheiro.

E consigo, para explicar a demora ao amigo, engenhou qualquer cousa; parece que formou também o plano de aproveitar o incidente para tornar à antiga assiduidade... De volta com os planos, reboavam-lhe na alma as palavras da cartomante. Em verdade, ela adivinhara o objeto da consulta, o estado dele, a existência de um terceiro; por que não adivinharia o resto? O presente que se ignora vale o futuro. Era assim, lentas e contínuas, que as velhas crenças do rapaz iam tornando ao de cima, e o mistério empolgava-o com as unhas de ferro. Às vezes queria rir, e ria de si mesmo, algo vexado; mas a mulher, as cartas, as palavras secas e afirmativas, a exortação: — Vá, vá, *ragazzo innamorato*; e no fim, ao longe, a barcarola da despedida, lenta e graciosa, tais eram os elementos recentes, que formavam, com os antigos, uma fé nova e vivaz.

A verdade é que o coração ia alegre e impaciente, pensando nas horas felizes de outrora e nas que haviam de vir. Ao passar pela Glória, Camilo olhou para o mar, estendeu os olhos para fora, até onde a água e o céu dão um abraço infinito, e teve assim uma sensação do futuro, longo, longo, interminável.

Daí a pouco chegou à casa de Vilela. Apeou-se, empurrou a porta de ferro do jardim e entrou. A casa estava silenciosa. Subiu os seis degraus de pedra, e mal teve tempo de bater, a porta abriu-se, e apareceu-lhe Vilela.

— Desculpa, não pude vir mais cedo; que há?

Vilela não lhe respondeu; tinha as feições decompostas; fez-lhe sinal, e foram para uma saleta interior. Entrando, Camilo não pôde sufocar um grito de terror: — ao fundo sobre o canapé, estava Rita morta e ensanguentada.

Vilela pegou-o pela gola, e, com dois tiros de revólver, estirou-o morto no chão.

04

DE COMO VIERAM CRESCENDO

Pedro e Paulo, irmãos gêmeos, brigam desde o útero. Em Esaú e Jacó, *acompanhamos os dois do nascimento à vida adulta, e a discórdia crescente entre eles.*

1904

— DO ROMANCE *ESAÚ E JACÓ*, 1904 —

CAPÍTULO XVIII

Ei-los que vêm crescendo. A semelhança, sem os confundir já, continuava a ser grande. Os mesmos olhos claros e atentos, a mesma boca cheia de graça, as mãos finas, e uma cor viva nas faces que as fazia crer pintadas de sangue. Eram sadios; excetuada a crise dos dentes, não tiveram moléstia alguma, porque eu não conto uma ou outra indigestão de doces, que os pais lhes davam, ou eles tiravam às escondidas. Eram ambos gulosos, Pedro mais que Paulo, e Paulo mais que ninguém.

Aos sete anos eram duas obras-primas, ou antes uma só em dois volumes, como quiseres. Em verdade, não havia por toda aquela praia, nem por Flamengos ou Glórias, Cajus e outras redondezas,

não havia uma, quanto mais duas crianças tão graciosas. Nota que eram também robustos. Pedro com um murro derrubava Paulo; em compensação, Paulo com um pontapé deitava Pedro ao chão. Corriam muito na chácara por aposta. Alguma vez quiseram trepar às árvores, mas a mãe não consentia; não era bonito. Contentavam-se de espiar cá de baixo a fruta.

Paulo era mais agressivo, Pedro mais dissimulado, e, como ambos acabavam por comer a fruta das árvores, era um moleque que a ia buscar acima, fosse a cascudo de um ou com promessa de outro. A promessa não se cumpria nunca; o cascudo, por ser antecipado, cumpria-se sempre, e às vezes com repetição depois do serviço. Não digo com isto que um e outro dos gêmeos não soubessem agredir e dissimular; a diferença é que cada um sabia melhor o seu gosto, coisa tão óbvia que custa escrever.

Obedeciam aos pais sem grande esforço, posto fossem teimosos. Nem mentiam mais que outros meninos da cidade. Ao cabo, a mentira é alguma vez meia virtude. Assim é que, quando eles disseram não ter visto furtar um relógio da mãe, presente do pai, quando eram noivos, mentiram conscientemente, porque a criada que o tirou foi apanhada por eles em plena ação de furto. Mas era tão amiga deles! e com tais lágrimas lhes pediu que não dissessem a ninguém, que os gêmeos negaram absolutamente ter visto nada. Contavam sete anos. Aos nove, quando já a moça ia longe, é que descobriram, não sei a que propósito, o caso escondido. A mãe quis saber por que é que eles calaram outrora; não souberam explicar-se, mas é claro que o silêncio de 1878 foi obra da afeição e da piedade, e daí a meia virtude, porque é alguma coisa pagar amor com amor. Quanto à revelação de 1880 só se pode explicar pela distância do tempo. Já não estava presente a boa Miquelina; talvez já estivesse morta. Demais, veio tão naturalmente a referência...

— Mas, por que é que vocês até agora não me disseram? teimava a mãe.

Não sabendo mais que razão dessem, um deles, creio que Pedro, resolveu acusar o irmão:

— Foi ele, mamãe!

— Eu? redarguiu Paulo. Foi ele, mamãe, ele é que não disse nada.

— Foi você!

— Foi você! Não minta!

— Mentiroso é ele!

Cresceram um para o outro. Natividade acudiu prestemente, não tanto que impedisse a troca dos primeiros murros. Segurou-lhe os braços a tempo de evitar outros, e, em vez de os castigar ou ameaçar, beijou-os com tamanha ternura que eles não acharam melhor ocasião de lhe pedir doce. Tiveram doce; tiveram também um passeio, à tarde, no carrinho do pai.

Na volta estavam amigos ou reconciliados. Contaram à mãe o passeio, a gente da rua, as outras crianças que olhavam para eles com inveja, uma que metia o dedo na boca, outra no nariz, e as moças que estavam às janelas, algumas que os acharam bonitos. Neste último ponto divergiam, porque cada um deles tomava para si só as admirações, mas a mãe interveio:

— Foi para ambos. Vocês são tão parecidos que não podia ser senão para ambos. E sabem por que é que as moças elogiaram vocês? Foi por ver que iam amigos, chegadinhos um ao outro. Meninos bonitos não brigam, ainda menos sendo irmãos. Quero vê-los quietos e amigos, brincando juntos sem rusga nem nada. Estão entendendo?

Pedro respondeu que sim; Paulo esperou que a mãe repetisse a pergunta, e deu igual resposta. Enfim, porque esta mandasse, abraçaram-se, mas foi um abraçar sem gosto, sem força, quase sem braços; encostaram-se um ao outro, estenderam as mãos às costas do irmão, e deixaram-nas cair.

De noite, na alcova, cada um deles concluiu para si que devia os obséquios daquela tarde, o doce, os beijos e o carro, à briga que tiveram, e que outra briga podia render tanto ou mais. Sem palavras, como um romance ao piano, resolveram ir à cara um do outro, na primeira ocasião. Isto que devia ser um laço armado à ternura da mãe, trouxe ao coração de ambos uma sensação particular, que não era só consolo e desforra do soco recebido naquele dia, mas também satisfação de um desejo íntimo, profundo, necessário. Sem ódio, disseram ainda algumas palavras de cama a cama, riram de uma ou outra lembrança da rua, até que o sono entrou com os seus pés de lã e bico calado, e tomou conta da alcova inteira.

"O casal ia calado. Ao desembocar na Praia de Botafogo, a enseada trouxe o gosto de costume. A casa descobria-se a distância, magnífica; Santos deleitou-se de a ver, mirou-se nela, cresceu com ela, subiu por ela. A estatueta de Narciso, no meio do jardim, sorriu à entrada deles, a areia fez-se relva, duas andorinhas cruzaram por cima do repuxo, figurando no ar a alegria de ambos."

A
Cidade
e seus Pecados

MACHADO
DE
ASSIS

1839 · 1908

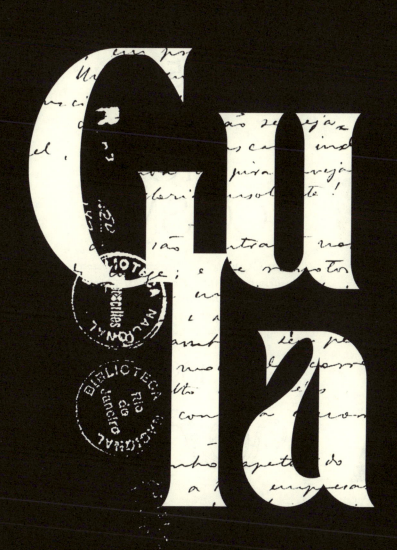

05

TIO COSME

Dom Casmurro deve ser um dos romances brasileiros mais lidos e adaptados, e apresenta a história de Bentinho e de seu ciúme por Capitu. Neste capítulo, Machado de Assis nos apresenta ao tio do protagonista.

1899

— DO ROMANCE *DOM CASMURRO*, 1899 —

CAPÍTULO VI

Tio Cosme vivia com minha mãe, desde que ela enviuvou. Já então era viúvo, como prima Justina; era a casa dos três viúvos.

A fortuna troca muita vez as mãos à natureza. Formado para as serenas funções do capitalismo, tio Cosme não enriquecia no foro: ia comendo. Tinha o escritório na antiga rua das Violas, perto do júri, que era no extinto Aljube. Trabalhava no Crime. José Dias não perdia as defesas orais de tio Cosme. Era quem lhe vestia e despia a toga, com muitos cumprimentos no fim. Em casa, referia os debates. Tio Cosme, por mais modesto que quisesse ser, sorria de persuasão.

Era gordo e pesado, tinha a respiração curta e os olhos dorminhocos. Uma das minhas recordações mais antigas era vê-lo montar todas as manhãs a besta que minha mãe lhe deu e que o levava ao escritório. O preto que a tinha ido buscar à cocheira, segurava o freio, enquanto ele erguia o pé e pousava no estribo; a isto seguia-se um minuto de descanso ou reflexão. Depois, dava um impulso, o primeiro, o corpo ameaçava subir, mas não subia; segundo impulso, igual efeito. Enfim, após alguns instantes largos, Tio Cosme enfeixava todas as forças físicas e morais, dava o último surto da terra, e desta vez caía em cima do selim. Raramente a besta deixava de mostrar por um gesto que acabava de receber o mundo. Tio Cosme acomodava as carnes, e a besta partia a trote.

Também não me esqueceu o que ele me fez uma tarde. Posto que nascido na roça (donde vim com dois anos) e apesar dos costumes do tempo, eu não sabia montar, e tinha medo ao cavalo. Tio Cosme pegou em mim e escanchou-me em cima da besta. Quando me vi no alto (tinha nove anos), sozinho e desamparado, o chão lá embaixo, entrei a gritar desesperadamente: "Mamãe! mamãe!" Ela acudiu pálida e trêmula, cuidou que me estivessem matando, apeou-me, afagou-me, enquanto o irmão perguntava:

— Mana Glória, pois um tamanhão destes tem medo de besta mansa?

— Não está acostumado.

— Deve acostumar-se. Padre que seja, se for vigário na roça, é preciso que monte a cavalo; e, aqui mesmo, ainda não sendo padre, se quiser florear como os outros rapazes, e não souber, há de queixar-se de você, mana Glória.

— Pois que se queixe; tenho medo.

— Medo! Ora, medo!

A verdade é que eu só vim a aprender equitação mais tarde, menos por gosto que por vergonha de dizer que não sabia montar. "Agora é que ele vai namorar deveras", disseram quando eu comecei as lições. Não se diria o mesmo de tio Cosme. Nele era velho costume e necessidade. Já não dava para namoros. Contam que, em rapaz, foi aceito de muitas damas, além de partidário exaltado; mas os anos levaram-lhe o mais do ardor político e sexual, e a gordura acabou com o resto de ideias públicas e específicas. Agora só cumpria as obrigações do ofício e um amor. Nas horas de lazer vivia olhando ou jogava. Uma ou outra vez dizia pilhérias.

"Tinha o escritório na antiga Rua das Violas, perto do júri, que era no extinto Aljube. Trabalhava no Crime. José Dias não perdia as defesas orais de tio Cosme. Era quem lhe vestia e despia a toga, com muitos cumprimentos no fim."

A
Cidade
e seus Pecados

MACHADO
DE
ASSIS

1839 • 1908

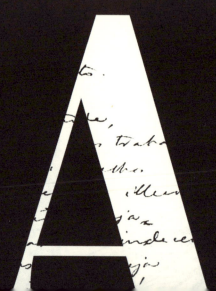

Avareza

— PUBLICADO NO *JORNAL DAS FAMÍLIAS*, 1878 —

I

Os vícios equilibram-se muita vez; outras vezes neutralizam-se ou vence um a outro... Há pecados que derrubam pecados, ou, pelo menos, quebram-lhes as pernas.

Gil Gomes tinha uma casa de colchões em uma das ruas do bairro dos Cajueiros. Era um homem de cinquenta e dois anos, cheio de corpo, vermelho e avaro.

Ganhara um bom pecúlio a vender colchões e a não usar nenhum. Note-se que não era homem sórdido, pessoalmente desasseado; não. Usava camisa lavada, calça e rodaque lavados. Mas era a sua maior despesa. A cama era um velho sofá de palhinha;

a mobília eram duas cadeiras, uma delas quebrada, uma mesa de pinho e um baú. A loja não era grande nem pequena, mas regular, cheia de mercadoria. Tinha dois operários.

Era mercador de colchões esse homem, desde 1827. Esta história passa-se em 1849. Nesse ano adoeceu Gil Gomes, e um amigo, que morava no Engenho Velho, levou-o para casa, pelo motivo ou pretexto de que na cidade não poderia curar-se bem.

— Nada, meu amigo, disse ele a primeira vez que o outro lhe falou nisso, nada. Isto não é nada.

— É sim; pode ser, ao menos.

— Qual! Uma febrícula; vou tomar um chá.

O caso não era de chá; mas Gil Gomes evitava o médico e a botica até a última. O amigo deu-lhe a entender que não pensasse nessas despesas, e Gil Gomes, sem compreender logo que o amigo por força pensaria em alguma compensação, admirou esse rasgo de fraternidade. Não disse sim, nem não; levantou os ombros, olhou para o ar, enquanto o outro repetia:

— Vamos, vamos!

— Vá lá, disse ele. Talvez o melhor remédio seja a companhia de um bom amigo.

— Decerto!

— Porque a moléstia é nada; é uma febrícula...

— Das febrículas nascem os febrões, disse sentenciosamente o amigo de Gil Gomes.

Esse amigo chamava-se Borges; era um resto de sucessivos naufrágios. Tinha sido várias coisas, e ultimamente preparava-se a ser milionário. Contudo estava longe; tinha apenas dois escravos boçais comprados entre os últimos chegados por contrabando. Era, por ora, toda a riqueza, não podendo incluir-se nela a esposa que era um tigre de ferocidade, nem a filha, que parecia ter o juízo a juros. Mas este Borges vivia das melhores esperanças. Ganhava alguma coisa em não sei que agências particulares; e nos intervalos cuidava de um invento, que ele dizia destinado a revolucionar o mundo industrial. Ninguém sabia o que fosse, nem que destino tivera; mas ele afirmava que era grande coisa, utilíssima, nova e surpreendente.

Gil Gomes e José Borges chegaram à casa deste, onde ao primeiro foi dado um quarto de antemão arranjado. Gomes achou-se bem no aposento, posto lhe inspirasse ele o maior desprezo ao amigo.

— Que desperdício! quanta coisa inútil! Nunca há de ser nada o pateta! dizia ele entre dentes.

A doença de Gomes, atalhada a tempo, curou-se em poucos dias. A mulher e a filha de Borges tratavam dele com o carinho que permitia o gênio feroz de uma e a leviandade de outra. A sra. d. Ana acordava às cinco horas da manhã e berrava até às dez da noite. Poupou ao hóspede esse costume durante a doença; mas, a palavra contida manifestava-se em repelões à filha, ao marido e às escravas. A filha chamava-se Mafalda; era uma moça pequena, vulgar, supersticiosa, que só se penteava às duas horas da tarde e andava sem meias toda a manhã.

Gil Gomes deu-se bem com a família.

O amigo não cogitava de outra coisa mais que de o fazer feliz, e lançou mão de bons cobres para tratá-lo como faria a um irmão, a um pai, a um filho.

— Dás-te bem? dizia-lhe no fim de quatro dias.

— Não me dou mal.

— Pior! isso é fugir à pergunta.

— Dou-me perfeitamente; e naturalmente incomodo-te...

— Oh! não...

— Decerto; um doente é sempre um peso demais.

José Borges protestou com toda a energia contra essa suposição gratuita do amigo e acabou proferindo um discurso acerca dos deveres de amizade, que Gil Gomes ouviu enfastiado e penalizado.

Na véspera de voltar para a sua loja de colchões, Gil Gomes travou conhecimento com uma nova pessoa da família: a viúva Soares. A viúva Soares era prima de José Borges. Tinha vinte e sete anos, e era, na frase do primo, um pedaço de mulher. Efetivamente era vistosa, forte, de ombros largos, braços grossos e redondos. Viúva desde os vinte e dois, conservava um resto de luto, antes como um realce que outra coisa. Gostava de véu porque um poetastro lhe dissera em versos de todos os tamanhos que seus olhos, velados, eram como estrelas através de nuvens finas, ideia que a sra. d. Rufina Soares achou engenhosa e novíssima. O poeta recebeu em paga um olhar.

Na verdade, os olhos eram bonitos, grandes, pretos, misteriosos. Gil Gomes, quando os viu, ficou embasbacado; foi talvez o remédio que melhor o curou.

— Essa tua prima, na verdade...

— Um pedaço de mulher!

— Pedaço! é uma inteira, são duas mulheres, são trinta e cinco mulheres!

— Que entusiasmo! observou José Borges.

— Eu gosto do que é belo, respondeu Gil Gomes sentenciosamente.

A viúva ia jantar. Era uma boa perspectiva de tarde e noite de palestra e conversação. Gil Gomes já agradecia ao céu a doença, que lhe dera ocasião de encontrar tamanhas perfeições.

Rufina era muito agradável na conversa e pareceu simpatizar desde logo com o convalescente, fato em que as outras pessoas não pareceram reparar.

— Mas já está bom de todo? dizia ela ao colchoeiro.

— Estava quase bom; agora estou perfeito, respondeu ele com certo trejeito de olhos, que a viúva fingiu não ver.

— Meu primo é um bom amigo, disse ela.

— Oh! é uma pérola! Minha moléstia era pouca coisa; mas ele lá foi à casa, pediu, instou, fez tudo para que eu viesse tratar-me em casa dele, dizendo que eram precisos cuidados de família. Vim; em boa hora vim; estou são e re-são.

Desta vez foi Rufina quem fez um trejeito com os olhos. Gil Gomes, que não esperava por ele, sentiu cair-lhe a baba.

O jantar foi uma delícia, a noite outra delícia. Gil Gomes sentia-se transportado a todos os céus possíveis e impossíveis. Ele prolongou quanto pôde a noite, propôs uma bisca de quatro e teve meio de fazer com que Rufina fosse sua parceira só pelo gosto de lhe piscar o olho, quando tinha na mão o sete ou o ás.

Foi adiante.

Num lance difícil, em que a parceira hesitava se pegaria na vaza com a bisca de trunfo, Gil Gomes, vendo que ela não levantava os olhos, e conseguintemente não podendo fazer-lhe o sinal de costume, tocou-lhe no pé com o pé.

Rufina não recuou o pé; compreendeu, atirou a bisca na mesa. E os dois pés ficaram juntos alguns segundos. Repentinamente, a viúva, parecendo que só então dera pelo atrevimento ou liberdade do parceiro, recuou o pé e ficou muito séria.

Gil Gomes olhou vexado para ela; mas a viúva não lhe recebeu o olhar. No fim, sim; ao despedir-se daí a uma hora é que Rufina fez as pazes com o colchoeiro apertando-lhe muito a mão, o que o fez estremecer todo.

A noite foi cruel para o colchoeiro, ou antes deliciosa e cruel, ao mesmo tempo, porque sonhou com a viúva de princípio até o fim. O primeiro sonho foi bom: imaginava-se que passeava com ela e mais a família toda em um jardim e que a viúva lhe dera flores, sorrisos e beliscões. Mas o segundo sonho foi mau: sonhou que ela lhe enterrava um punhal. Desse pesadelo passou a melhores fantasias, e a noite correu toda entre imaginações diversas. A última, porém, sendo a melhor, foi a pior de todas: sonhou que estava casado com Rufina, e de tão belo sonho caiu na realidade do celibato.

O celibato! Gil Gomes começou a pensar seriamente nesse estado que já lhe durava muitos anos, e perguntou aos céus e à terra, se tinha direito de casar. Esta pergunta foi respondida antes do almoço.

— Não! disse ele consigo; não devo casar nunca... Aquilo foi uma fantasia de uma hora. Leve o diabo a viúva e o resto. Ajuntar uns cobres menos maus para os dar a uma senhora que os desfará em pouco tempo... Nada! nada!

Almoçou tranquilo; e despediu-se dos donos da casa com muitas manifestações de agradecimento.

— Agora não esqueça o número de nossa casa, já que se pilhou curado, disse a filha de José Borges.

O pai corou até os olhos, enquanto a mãe punia a indiscrição da filha com um beliscão que lhe fez ver as estrelas.

— Salta lá para dentro! disse a boa senhora.

Gil Gomes fingiu não ouvir nem ver nada. Apertou a mão dos amigos, prometeu-lhes uma eterna gratidão e saiu.

Seria faltar à verdade o dizer que Gil Gomes não pensou mais na viúva Rufina. Pensou; mas procurou vencer-se. Durou a luta uma semana. Ao fim desse tempo teve ímpeto de ir passar-lhe pela porta, mas receou, envergonhou-se.

— Nada! é preciso esquecer aquilo!

Quinze dias depois do encontro da viúva, Gil Gomes parecia ter efetivamente esquecido a viúva. Para isso contribuíram alguns acidentes. O mais importante deles foi o caso de um sobrinho que passava a vida a trabalhar quanto podia e numa bela noite foi recrutado em plena Rua dos Ciganos. Gil Gomes não amava ninguém neste mundo, nem no outro; mas devia certas obrigações ao finado pai do sobrinho; e, ao menos por decoro, não pôde recusar ir vê-lo, quando recebeu a notícia do desastre do rapaz. Pede a justiça que se diga que ele procurou durante dois dias retirar o sobrinho do exército que o esperava. Não lhe foi possível. Restava dar-lhe um substituto, e o recruta, quando viu perdidas todas as esperanças, insinuou esse recurso derradeiro. O olhar com que Gil Gomes respondeu à insinuação gelou todo o sangue que havia nas veias do moço. Esse olhar parecia dizer-lhe:

— Um substituto! dinheiro! sou algum pródigo? Não é mais do que abrir os cordões à bolsa e deixar cair o que se custou a ganhar? Alma perversa, que espírito mau te meteu na cabeça esse pensamento de dissolução?

Outro incidente foi haver-lhe morrido insolvável o único devedor que ele tinha — um devedor de seiscentos mil-réis, com juros. Esta notícia poupou a Gil Gomes um jantar, tal foi a mágoa que o acometeu. Ele perguntava a si mesmo se era lícito aos devedores morrer sem liquidar as contas, e se os céus tinham tanta crueldade que levassem um pecador deixando uma dívida. Esta dor foi tão grande como a primeira, posto devesse ser maior; porquanto, Gil Gomes, em vários negócios que tinha tido com o devedor finado, havia-lhe colhido aos poucos a importância da dívida extinta pela morte; ideia que de algum modo o consolou e lhe fez mais tolerável a ceia.

Estava, portanto, d. Rufina, se não esquecida, ao menos adormecida na memória do colchoeiro, quando este uma noite recebeu um bilhetinho da mulher de José Borges. Pedia-lhe a megera que ele fosse lá jantar no próximo sábado, aniversário natalício da filha do casal. Este bilhete foi levado pelo próprio pai da moça.

— Podemos contar contigo? disse este, logo que o viu acabar de ler o bilhete.

— Eu sei! talvez...

— Não há talvez, nem meio talvez. É festa íntima, só parentes, dois amigos, um dos quais és tu... Senhoras, há só as de casa, a comadre Miquelina, madrinha de Mafalda, e a prima Rufina... Não sei se a conheces?

— Tua prima?... Conheço! acudiu o colchoeiro expelindo faíscas dos olhos. Não te lembras que ela passou a última noite que estive em tua casa? Até jogamos a bisca...

— É verdade! Não me lembrava!

— Boa senhora...

— Oh! é uma pérola! Ora, espera... agora me lembro que ela, ainda há poucos dias, esteve lá e falou em ti. Perguntou-me como estavas... É uma senhora de truz!...

— Pareceu-me...

— Vamos ao que importa, podemos contar contigo?

Gil Gomes interiormente tinha capitulado; queria declará-lo, mas por modo que não parecesse esquisito. Fez um gesto com as sobrancelhas, apertou a ponta do nariz, olhando para a carta e murmurou:

— Pois,... sim... talvez...

— Talvez, não quero! Há de ser por força.

— És um diabo! Pois bem, vou.

José Borges apertou-lhe muito a mão, sentou-se, contou-lhe duas anedotas; e o colchoeiro, tocado subitamente da suspeita de que o primo da viúva quisesse pedir-lhe dinheiro, entrou a cochilar. José Borges saiu e foi levar à casa a notícia de que Gil Gomes compareceria à festa. Chegou como a Providência, fazendo suspender de cima da cabeça da filha uma chuva de ralhos com que a mãe castigava uma das infinitas indiscrições da pequena. A sra. d. Ana não se alegrou logo, mas abrandou, ouviu a notícia, expectorou ainda seis ou sete adjetivos cruéis, por fim calou-se. José Borges, que, por medida de prudência, estava sempre do lado da mulher, disse solenemente à filha que se retirasse, o que era servir ao mesmo tempo à filha e à mãe.

— Então ele vem? disse d. Ana quando o temporal começou a amainar.

— Vem, e o resto...

— Parece-te?

— Eu creio...

No dia aprazado compareceu em casa de José Borges a gente convidada, os parentes, a comadre e os dois amigos. Entre os parentes havia um primo, pálido, esguio e magro, que nutria em relação a Mafalda uma paixão, correspondida pelo pai. Esse primo tinha três prédios. Mafalda dizia gostar muito dele; e se, na verdade, os olhos fossem sempre o espelho do coração, o coração da moça derretia-se pelo primo, porque os olhos eram dois globos de neve tocados pelo sol. O que a moça dizia no coração era que o primo não passava de uma figura de presepe; não obstante, autorizava-o a pedi-la nesse dia ao sr. José Borges.

Por esse motivo entrou o jovem Inácio duas horas mais cedo que os outros, mas entrou somente. Falou, é verdade, mas falou só de coisas gerais. Três vezes investiu com o pai da namorada para pedir-lha, três vezes a palavra morreu-lhe nos lábios. Inácio era tímido; a figura circunspecta de José Borges, os olhos terríveis da sra. d. Ana e até os modos ríspidos da namorada, tudo lhe metia medo e fazia perder a última gota de sangue. Os convidados entraram sem que houvesse exposto ao tio suas pretensões. Custou-lhe o silêncio um repelão da namorada; repelão curto, a que sucedeu um sorriso animador, porque a moça compreendia facilmente que um noivo, ainda que seja Inácio, não se pesca sem alguma paciência. Vingar-se-ia depois do casamento.

Pelas quatro horas e meia entrou o sr. Gil Gomes. Quando ele apareceu à porta, José Borges esfregou os olhos como para certificar-se que não era sonho, e que efetivamente o colchoeiro ali lhe entrava pela sala. Pois quê! Onde, quando, de que modo, em que circunstâncias Gil Gomes calçara nunca luvas? Trazia um par de luvas — é verdade que de lã grossa —, mas enfim luvas, que na opinião dele eram inutilidades. Foi a única despesa séria que fez; mas fê-la. José Borges, durante um quarto de hora, ainda nutria a esperança de que o colchoeiro lhe trouxesse um presente para a filha. Um dia de anos! Mas a esperança morreu depressa: o colchoeiro era oposto à tradição dos presentes de anos; era um revolucionário.

A viúva Soares fez a sua entrada na sala (já estava na casa desde as duas horas), poucos minutos depois de ali chegar Gil Gomes. Este sentiu no corredor um farfalhar de vestido e um pisar grosso, que lhe contundiu o coração. Era ela, não podia ser outra. Rufina entrou majestosa; fosse acaso ou propósito, os primeiros olhos que fitou foram os dele.

— Nunca mais o vi desde aquela noite, disse ela baixinho ao colchoeiro daí a cinco minutos.

— É verdade, concordou Gil Gomes sem saber que respondesse.

Rufina reclinou-se na cadeira agitando o leque, meio voltada para ele, que respondia trêmulo.

Não tardou que a dona da casa convidasse a toda a gente a passar à sala de jantar. Gil Gomes levantou-se com ideia de dar o braço à viúva; José Borges facilitou-lhe a execução.

— Então, que é isso? Dê o braço à prima. Inácio, dá o braço a Mafalda. Eu levo a comadre.... valeu? Você, Aninha...

— Eu vou com o sr. Pantaleão.

O sr. Pantaleão era um dos dois amigos convidados por José Borges, além dos parentes. Não vale a pena falar dele; basta dizer que era um homem silencioso; não tinha outro traço característico.

Na mesa, Gil Gomes foi sentado ao pé de Rufina. Ele estava aturdido, satisfeito, desvairado. Um gênio invisível atirava-lhe faíscas aos olhos; e entornava-lhes pelas veias abaixo um fluido, que ele supunha ser celestial. A viúva parecia, na verdade, mais bela do que nunca; fresca, repousada, ostentosa. Ele sentia-lhe o vestido a roçar-lhe as calças; via-lhe os olhos embeberem-se nos seus. Era um jantar aquilo ou um sonho? Gil Gomes não podia decidir.

José Borges alegrou a mesa como podia e sabia, sendo acompanhado pelos parentes e pela comadre. Dos dois estranhos, o colchoeiro pertencia à viúva e o silencioso era todo do seu estômago. José Borges tinha um leitão e um peru, eram as duas peças melhores do jantar, dizia ele, que já as anunciara desde o princípio. Começaram as saúdes; fez-se a de Mafalda, a de d. Ana e de José Borges, a da comadre, a da viúva. Esta saúde foi proposta com muito entusiasmo por José Borges e não menos entusiasticamente correspondida. Entre Rufina e Gil Gomes foi trocado um brinde particular, de copo batido.

Gil Gomes, apesar da resolução amorosa que se operava nele, comeu à farta. Um bom jantar era coisa para ele fortuita ou problemática. Só assim, de ano em ano. Por isso não deixou passar a ocasião. O jantar, o vinho, a palestra, a alegria geral, os olhos da viúva, talvez a pontinha de seu pé, tudo contribuiu para desatar os últimos nós à língua do colchoeiro. Ele ria, falava, dizia graças,

fazia cumprimentos à dona, arriava todas as bandeiras. À sobremesa, quis por força que ela comesse uma pera, descascada por ele;
e a viúva, para lhe pagar a fineza, exigiu que ele comesse metade.

— Aceito! exclamou o colchoeiro fora de si.

A pera foi descascada. Partiu-a a viúva, e os dois comeram a fruta, de parceria, com os olhos modestamente no prato. José Borges,
que não perdeu a cena de vista, parecia satisfeito com a harmonia
dos dois. Ergueu-se para fazer uma saúde ao estado conjugal. Gil
Gomes correspondeu ruidosamente; Rufina nem tocou no copo.

— Não correspondeu ao brinde do seu primo? perguntou Gil
Gomes.

— Não.

— Por quê?

— Porque não posso, suspirou a viúva.

— Ah!

Um silêncio.

— Mas... por que... isto é... que calor!

Estas palavras incoerentes, proferidas pelo colchoeiro, não pareceu que as ouvisse a viúva. Ela olhava para a borda da mesa, séria e fixamente, como quem encara o passado e o futuro.

Gil Gomes achou-se um pouco acanhado. Não compreendia
muito o motivo do silêncio de Rufina e perguntava a si próprio se
ele havia dito alguma tolice. De repente, levantaram-se todos. A
viúva tomou-lhe o braço.

Gil Gomes sentiu o braço de Rufina e estremeceu da cabeça até
os pés.

— Por que motivo ficou triste ainda agora? perguntou ele.

— Eu?

— Sim.

— Fiquei triste?

— E muito.

— Não me lembro.

— Talvez fosse zangada.

— Por quê?

— Não sei; pode ser que eu a ofendesse.

— O senhor?

— Eu sim.

Rufina negou com os olhos, mas uns olhos que o colchoeiro antes quisera fossem duas espadas, porque atravessariam tão cruelmente o coração, por mais morto que o deixassem.

— Por quê?

Rufina apertou muito os olhos.

— Não me pergunte, disse ela afastando-se dele rapidamente.

O colchoeiro viu-a afastar-se e levar-lhe o coração na barra do vestido. Seu espírito sentiu pela primeira vez a vertigem conjugal. Ele, que deixara de fumar por economia, aceitou um charuto de José Borges para distrair-se, e fumou-o todo sem poder arrancar de si a imagem da viúva. Rufina, entretanto, parecia evitá-lo. Três vezes quis ele entabular conversação sem conseguir detê-la.

— Que é isso? perguntou o colchoeiro consigo.

Aquele procedimento deixou-o ainda mais perplexo. Ficou triste, amuado, não sentiu correr as horas. Eram onze quando deu acordo de si. Onze horas! E ele que quisera assistir ao fechar a porta! A casa entregue ao caixeiro tão longo tempo, era um perigo; pelo menos, uma novidade que podia ter graves consequências. Circunstância que ainda mais lhe ensombrou o espírito. Irritado consigo mesmo, fugiu à companhia dos outros e foi sentar-se em uma saleta, deu corda a uma caixa de música que ali achou e sentou-se a ouvi-la.

De repente, foi interrompido pelo passo forte da viúva, que fora buscar o xale para sair.

— Vai embora? perguntou ele.

— Vou.

— Tão cedo!

Rufina não respondeu.

— Parece que a senhora ficou mal comigo.

— Pode ser.

— Por quê?

Rufina suspirou; e depois de um silêncio:

— Não me fale mais, não procure ver-me, adeus!...

Saiu.

Gil Gomes, atordoado com a primeira impressão, não pôde dar um passo. Mas, enfim, dominou-se e saiu em procura da viúva. Achou-a na sala a abraçar a prima. Quis falar-lhe, chegou a dizer-lhe algumas palavras; mas Rufina não pareceu ouvir. Apertou a mão a todos. Quando chegou a vez do colchoeiro, foi um aperto, um só, mas um aperto que valia por todos os apertos do mundo, não que fizesse forte, mas porque era significativo.

Gil Gomes saiu dali meia hora depois, num estado de agitação como nunca estivera em todos os longos dias de sua existência. Não foi logo para casa; era-lhe impossível dormir, e andar na rua sempre era economizar a vela. Andou cerca de duas horas, a ruminar umas ideias, a correr atrás de umas visões, a evaporar-se em fantasias de toda a espécie.

No dia seguinte, à hora do costume, estava na loja sem saber o que fazia. Custava-lhe a reconhecer os seus colchões. O dia, a agitação dos negócios, o almoço puseram alguma surdina às vozes do coração. O importuno calou-se modestamente ou, antes, velhacamente, para criar mais forças. Era tarde. Rufina tinha cravado no peito do colchoeiro a seta da dominação.

Era preciso vê-la.

Mas como?

Gil Gomes pensou nos meios de satisfazer essa necessidade imperiosa. A figura esbelta, forte, rechonchuda da prima de José Borges parecia estar diante dele a dizer-lhe com os olhos: Vai ver--me! vai ter comigo! vai dizer-me o que sentes!

Por fortuna de Gil Gomes a viúva fazia anos dali a três semanas. Ele foi um dos convidados. Correu ao convite da dama de seus pensamentos. A vizinhança, que conhecia os hábitos tradicionalmente caseiros de Gil Gomes, entrou a comentar as suas saídas frequentes e a conjecturar mil coisas, com a fertilidade da gente curiosa e vadia. O fato, sobretudo, de o ver sair com uma sobrecasaca nova, por ocasião dos anos da viúva, pôs a rua em alvoroço. Uma sobrecasaca nova! era o fim do mundo. Que querem? A viúva valia a pena de um sacrifício por maior que fosse e aquele foi imenso. Três vezes recuou o colchoeiro estando à porta do alfaiate, mas três vezes insistiu. Ir-se embora, se fosse possível varrer-se-lhe da memória a figura da dama. Mas se ele a trazia presente! Se ela estava aí diante dele, a fitá-lo, a sorrir-lhe, a moer-lhe a alma, a despedaçar-lhe o coração! Veio a sobrecasaca; ele vestiu-a; achou-se elegante. Não chorou o dinheiro, porque só o dominava a ideia de ser contemplado pela viúva.

Esse novo encontro de Gil Gomes e Rufina foi a ocasião de se entenderem. Tantas atenções com ele! Tantos olhares para ela! Um e outro caminhavam rapidamente até esbarrarem no céu azul, como dois astros errantes e simpáticos. O colchoeiro estava prostrado. A viúva parecia vencida. José Borges favoreceu essa situação, descobrindo-a a ambos.

— Vocês estão meditando alguma coisa, disse ele, achando-se uma vez a olhar um para o outro.

— Nós? murmurou Rufina.

Este nós penetrou a alma do colchoeiro.

O colchoeiro fez duas ou três visitas à viúva, em ocasião que lá ia a família desta. Uma vez apresentou-se, sem que a família lá estivesse. Rufina mandou dizer que não estava em casa.

— Seriamente? perguntou ele à preta. Tua senhora não está em casa?

— Ela mandou dizer que não, senhor, acudiu a boçal escrava.

Gil Gomes quis insistir; mas podia ser inútil; saiu com a morte em si. Aquela esquivança era um aguilhão, que ainda mais o irritou. A noite foi cruel. No dia seguinte apareceu-lhe José Borges.

— Podes falar comigo em particular? disse este.

— Posso.

Foram para os fundos da loja. Sentaram-se em duas cadeiras de pau. José Borges tossiu, meditou um instante. Custava-lhe ou parecia custar-lhe a entabular a conversa. Enfim, rompeu o silêncio:

— Tu foste ontem à casa de minha prima?

— Fui.

— Disseram-te que ela não estava em casa...

— Sim, a preta...

— A preta disse mais: deu a entender que minha prima estava, mas dera ordem de te dizer que não.

— Era falso?

— Era verdade.

— Mas então?... — Eu te explico. Rufina sabe que tu gostas dela; tu deves saber que ela gosta de ti; todo o mundo sabe que vocês gostam um do outro. Ora, se lá fores quando nós estamos, bem...

Gil Gomes tinha-se levantado e dera quatro ou seis passos na salinha, sem ouvir o resto do discurso de José Borges, que teve em si o seu único auditório.

No fim de alguns minutos, o colchoeiro sentou-se outra vez e inquiriu o amigo:

— Dizes então que eu gosto de tua prima?

— É visível.

— E que ela gosta de mim?

— Só um cego o não verá.

— Ela supõe isso?

— Vê e sente-o!

— Sente-o?

O colchoeiro esfregou as mãos.

— Gosta de mim? repetiu ele.

— E tu gostas dela.

— Sim, confesso que... Parece-te ridículo?

— Ridículo! Essa agora! Pois um homem como tu, dotado de verdadeiras e boas qualidades, há de parecer ridículo por gostar de uma senhora como Rufina?...

— Sim, creio que não.

— De nenhum modo. O que te digo é que toda a circunspecção é pouca, até o dia do casamento.

Ouvindo esta palavra, Gil Gomes sentiu um calafrio e perdeu momentaneamente todas as forças. A ideia talvez lhe passasse alguma vez pelo espírito, mas vaga e obscura, sem se fixar nem clarear. José Borges proferia a palavra em toda a sua realidade. O colchoeiro não pôde resistir ao abalo. Ele vivia em uma agitação que o punha fora da realidade e sem efeitos. A palavra formal, na boca de um parente, quando já ninguém ignorava a natureza de seus sentimentos, era um golpe quase inesperado e de efeito certo.

José Borges fingiu não reparar na impressão do amigo, e continuou a falar do casamento, como de uma coisa indeclinável. Teceu os maiores elogios à viúva, à sua beleza, aos seus pretendentes, às suas virtudes. A maior destas era a economia; pelo menos, foi o que ele mais louvou. Quanto aos pretendentes eram muitos, mas ultimamente estavam reduzidos a cinco ou seis. Um deles era desembargador. No fim de uma hora, José Borges saiu.

A situação do colchoeiro complicava-se; sem o pensar achava-se às portas de um casamento, isto é, de uma grande despesa que viria abalar muito o edifício laborioso de suas economias.

Passou-se uma semana depois daquele diálogo, e a situação de Gil Gomes não melhorou nada. Pelo contrário, agravou-se. No fim desse tempo, tornou a ver a viúva. Nunca lhe pareceu mais bela. Trazia um vestido simples, nenhum ornato, salvo uma flor ao seio, que ela em ocasião oportuna tirou e ofereceu ao colchoeiro. A paixão de Gil Gomes foi-se convertendo numa embriaguez; ele já não podia viver sem ela. Era preciso vê-la, e quando a via, tinha ânsia de lhe cair aos pés. Rufina suspirava, falava; quebrava os olhos, trazia arrastado o pobre Gil Gomes.

Veio mais uma semana, depois outra e mais outra. O amor trouxe algumas despesas nunca usadas. Gil Gomes sentiu que a avareza afrouxava um pouco as rédeas; ou, por outra, não sentiu nada, porque nada podia sentir; foi alongando os cordões à bolsa.

A ideia do casamento aferrou-se-lhe deveras. Era grave, era um abismo que ele abriu diante de si. Às vezes assustava-se; outras vezes fechava os olhos disposto a mergulhar nas trevas.

Um dia, Rufina ouviu ao colchoeiro o pedido em regra, ainda que timidamente formulado. Ouviu-o, fechou a cabeça nas mãos e recusou.

— Recusa-me? clamou o infeliz aturdido.

— Recuso, disse firmemente a viúva.

Gil Gomes não contava com a resposta; insistiu, rogou, mas a viúva não parecia ceder.

— Mas por que recusa? perguntou. Não gosta de mim?

— Oh! interrompeu ela apertando-lhe as mãos.

— Não é livre?

— Sou.

— Não compreendo, explique-se.

A viúva não respondeu logo; foi dali a um sofá e meteu a cabeça nas mãos, durante cinco minutos. Vista assim era talvez mais bela. Estava meio reclinada, ofegante, com alguma desordem nos cabelos.

— Que é? que tem? perguntou Gil Gomes com uma ternura que ninguém era capaz de supor-lhe. Vamos lá; confie-me tudo, se alguma coisa há, porque eu não compreendo...

— Amo-o muito, disse Rufina erguendo para ele um par de olhos belos como duas estrelas; amo-o muito e muito. Mas vacilo em casar.

— Disseram-lhe de mim alguma coisa?

— Não, mas tremo do casamento.

— Por quê? Foi infeliz com o primeiro?

— Fui muito feliz, e por isso mesmo receio que seja infeliz agora. Parece-me que o céu me castigará se eu casar segunda vez, porque nenhuma mulher foi ainda tão amada como eu fui. Oh! se soubesse que amor me teve meu marido! Que paixão! que delírio! Vivia para fazer-me feliz. Perdi-o; casar com outro é esquecê-lo...

Tornou a cobrir o rosto com as mãos, enquanto o colchoeiro ferido por aquele novo dardo, jurava a seus deuses que havia de casar com ela ou o mundo viria abaixo.

A luta durou três dias, três longos e estirados dias. Gil Gomes não cuidou de outra coisa durante o combate; não abriu os livros da casa; talvez chegou a não afagar um freguês. Pior que tudo: chegou a oferecer um camarote de teatro à viúva. Um camarote! Que decadência!

Não podia ir longe a luta e não foi. No quarto dia recebeu ele uma resposta decisiva, um sim escrito em papel bordado. Respirou; beijou o papel; correu à casa de Rufina. Ela esperava-o ansiosa. Suas mãos tocaram-se; um ósculo confirmou o escrito.

Desde aquele dia até o do casamento foi um turbilhão em que o pobre colchoeiro viveu. Não via nada; quase não sabia contar; estava cego e tonto. De quando em quando um movimento instintivo parecia fazê-lo mudar de caminho, mas era rápido. Assim, a ideia dele era que o casamento não tivesse aparato; mas José Borges combateu essa ideia como indigna dos noivos:

— Demais é bom que todos o invejem.

— Que tem isso?

— Quando virem passar o préstito todos dirão: Que maganão! Que casamento! Rico e feliz!

— Rico... isto é... interrompeu Gil Gomes, cedendo ao costume antigo.

José Borges bateu-lhe no ombro, sorriu e não admitiu réplica. Ainda assim, ele não teria vencido, se não fosse o voto da prima. A viúva declarou preferível um casamento aparatoso; o colchoeiro não tinha outra vontade.

— Vá lá, disse ele; cupês, não é?

— Justamente; cavalos brancos, arreios finos, cocheiros de libré, coisa bonita.

— Mais bonita do que você, é impossível, acudiu o colchoeiro com um ar terno e galante.

Outro ósculo que o fez ver estrelas ao meio-dia. Estava decidido que o casamento teria o maior aparato. Gil Gomes reconhecia que a despesa era enorme, e intimamente pensava que era inútil; mas desde que ela queria, toda a discussão estava acabada. Mandou preparar a roupa dele; teve até de sortir-se, porque nada possuía em casa; aposentou os dois velhos rodaques, as três calças de quatro anos. Pôs casa. A viúva guiou-o nessa tarefa difícil; indicou o que ele devia comprar; escolheu ela mesma a mobília, os tapetes, os vasos, as cortinas, os cristais, as porcelanas. As contas chegavam às mãos do colchoeiro rotundas e pavorosas; mas ele pagava, quase sem sentir.

Na véspera do casamento, tinha ele deixado de pertencer a este mundo, tão alheado andava dos homens. José Borges aproveitou esse estado de sonambulismo amoroso para lhe pedir duzentos mil-réis emprestados. Coisa miraculosa! Gil Gomes emprestou-os. Era verdadeiramente o fim do mundo. Emprestou os duzentos mil-réis, sem fiança, nem obrigação escrita. Isto e a derrota do primeiro Napoleão são os dois fatos mais estrondosos do século.

Casou no dia seguinte. A vizinhança toda sabia já do casamento, mas não podia crer, supunha que era boato, apesar das mil provas que os noveleiros espalhavam de loja em loja... Casou; quem o viu entrar no cupê, ainda hoje duvida se estava sonhando naquele dia.

Uma vez casado, estava passado o Rubicão. A ex-viúva encheu a vida do colchoeiro; ocupou em seu coração o lugar que até então pertencera à libra esterlina. Gil Gomes estava mudado; fora uma larva; passava a borboleta. E que borboleta! A vida solitária da loja dos colchões era agora o seu remorso; ele mesmo ria de si. A mulher, só a mulher, nada mais que a mulher, eis o sonho da vida do colchoeiro; era o modelo dos maridos.

Rufina amava o luxo, a vida estrondosa, os teatros, os jantares, os brilhantes. Gil Gomes, que vivera a detestar tudo aquilo, mudou de sentimento e acompanhou as tendências da esposa. De longe em longe tinha um estremecimento na alma. "Gil! exclamava ele, aonde vais? Que destino te leva à prodigalidade?" Mas um sorriso, um afago de Rufina dissipava as nuvens e atirava o colchoeiro à carreira em que ia.

Um ano depois de casado sabia jogar o voltarete e tinha assinatura no teatro. Comprou carro; dava jantares às sextas-feiras; emprestava dinheiro a José Borges de trimestre em trimestre. Circunstância particular: José Borges não lhe pagava nunca.

Vieram os anos, e cada ano novo achava-o mais namorado da mulher. Gil Gomes era uma espécie de cachorrinho de regaço. Com ela, ao pé dela, defronte dela, a olhar para ela; não tinha outro lugar nem outra atitude. A bolsa emagreceu; ele engordou. Nos últimos anos, tinha vendido o carro, suspendido os jantares e os teatros, diminuído os empréstimos a José Borges, jogava a bisca a tentos. Quando a miséria chegou, Rufina retirou-se deste mundo. O colchoeiro que já não tinha colchões, acabou a vida servindo de agente em um cartório de escrivão.

TERPSÍCORE
1886

— PUBLICADO NA *Gazeta de Notícias*, 1886 —

Glória, abrindo os olhos, deu com o marido sentado na cama, olhando para a parede, e disse-lhe que se deitasse, que dormisse, ou teria de ir para a oficina com sono.

— Que dormir o quê, Glória? Já deram seis horas.
— Jesus! Há muito tempo?
— Deram agora mesmo.

Glória arredou de cima de si a colcha de retalhos, procurou com os pés as chinelas, calçou-as, e levantou-se da cama; depois, vendo que o marido ali ficava na mesma posição, com a cabeça entre os joelhos, chegou-se a ele, puxou-o por um braço, dizendo-lhe carinhosamente que não se amofinasse, que Deus arranjaria as coisas.

— Tudo há de acabar bem, Porfírio. Você mesmo acredita que o senhorio bote os nossos trastes no Depósito? Não acredite; eu não acredito. Diz aquilo para ver se a gente arranja o dinheiro.

— Sim, mas é que eu não arranjo, nem sei onde hei de buscar seis meses de aluguel. Seis meses, Glória; quem é que me há de emprestar tanto dinheiro? Seu padrinho já disse que não dá mais nada.

— Vou falar com ele.

— Qual, é à toa.

— Vou, peço-lhe muito. Vou com mamãe; ela e eu pedindo...

Porfírio abanou a cabeça.

— Não, não, disse ele. Você sabe o que é melhor? O melhor é arranjar casa por estes dias, até sábado; mudamo-nos, e depois então veremos se se pode pagar. Seu padrinho o que podia era dar uma carta de fiança... Diabo! tanta despesa! Conta em toda a parte! é a venda! é a padaria! é o diabo que os carregue. Não posso mais. Gasto todo o santo dia manejando a ferramenta, e o dinheiro nunca chega. Não posso, Glória, não posso mais...

Porfírio deu um salto da cama, e foi preparar-se para sair, enquanto a mulher, lavada a cara às pressas, e despenteada, cuidou de fazer-lhe o almoço. O almoço era sumário: café e pão. Porfírio engoliu-o em poucos minutos, na ponta da mesa de pinho, com a mulher defronte, risonha de esperança para animá-lo. Glória tinha as feições irregulares e comuns; mas o riso dava-lhe alguma graça. Nem foi pela cara que ele se enamorou dela; foi pelo corpo, quando a viu polcar, uma noite, na Rua da Imperatriz. Ia passando, e parou defronte da janela aberta de uma casa onde se dançava. Já achou na calçada muitos curiosos. A sala, que era pequena, estava cheia de pares, mas pouco a pouco foram-se todos cansando ou cedendo o passo à Glória.

— Bravos à rainha! exclamou um entusiasta.

Da rua, Porfírio cravou nela uns olhos de sátiro, acompanhou-a em seus movimentos lépidos, graciosos, sensuais, mistura de cisne e de cabrita. Toda a gente dava lugar, apertava-se nos cantos, no vão das janelas, para que ela tivesse o espaço necessário à expansão das saias, ao tremor cadenciado dos quadris, à troca rápida dos giros, para a direita e para a esquerda. Porfírio misturava já à admiração o ciúme; tinha ímpetos de entrar e quebrar a cara ao sujeito que dançava com ela, rapagão alto e espadaúdo, que se curvava todo, cingindo-a pelo meio.

No dia seguinte acordou resoluto a namorá-la e desposá-la. Cumpriu a resolução em pouco tempo, parece que um semestre. Antes, porém, de casar, logo depois de começar o namoro, Porfírio tratou de preencher uma lacuna da sua educação; tirou dez mil-réis mensais à féria do ofício, entrou para um curso de dança, onde aprendeu a valsa, a mazurca, a polca e a quadrilha francesa. Dia sim, dia não, gastava ali duas horas por noite, ao som de um oficlide e de uma flauta, em companhia de alguns rapazes e de meia dúzia de costureiras magras e cansadas. Em pouco tempo estava mestre. A primeira vez que dançou com a noiva foi uma revelação: os mais hábeis confessavam que ele não dançava mal, mas diziam isso com um riso amarelo, e uns olhos muito compridos. Glória derretia-se de contentamento.

Feito isso, tratou ele de ver casa, e achou esta em que mora, não grande, antes pequena, mas adornada na frontaria por uns arabescos que lhe levaram os olhos. Não gostou do preço, regateou algum tempo, cedendo ora dois mil-réis, ora um, ora três, até que, vendo que o dono não cedia nada, cedeu ele tudo.

Tratou das bodas. A futura sogra propôs-lhe que fossem a pé para a igreja, que ficava perto; ele rejeitou a proposta com seriedade, mas em particular com a noiva e os amigos riu da extravagância da velha: uma coisa que nunca se viu, noivos, padrinhos, convidados, tudo a pé, à laia de procissão; era caso de levar assobio. Glória explicou-lhe que a intenção da mãe era poupar despesas. Que poupar despesas? Mas se num dia grande como esse não se gastava alguma coisa, quando é que se havia de gastar? Nada; era moço, era forte, trabalho não lhe metia medo. Contasse ela com um bonito coupé, cavalos brancos, cocheiros de farda até abaixo e galão no chapéu.

E assim se cumpriu tudo; foram bodas de estrondo, muitos carros, baile até de manhã. Nenhum convidado queria acabar de sair; todos forcejavam por fixar esse raio de ouro, como um hiato esplêndido na velha noite do trabalho sem tréguas. Mas acabou; o que não acabou foi a lembrança da festa, que perdurou na memória de todos, e servia de termo de comparação para as outras festas do bairro, ou de pessoas conhecidas. Quem emprestou dinheiro para tudo isso foi o padrinho do casamento, dívida que nunca lhe pediu depois, e lhe perdoou à hora da morte.

Naturalmente, apagadas as velas e dormidos os olhos, a realidade empolgou o pobre marceneiro, que a esquecera por algumas horas. A lua de mel foi como a de um simples duque; todas se parecem, em substância; é a lei e o prestígio do amor. A diferença é que Porfírio voltou logo para a tarefa de todos os dias. Trabalhava sete e oito horas numa loja. As alegrias da primeira fase trouxeram despesas excedentes, a casa era cara, a vida foi-se tornando áspera, e as dívidas foram vindo, sorrateiras e miudinhas, agora dois mil-réis, logo cinco, amanhã sete e nove. A maior de todas era a da casa, e era também a mais urgente, pois o senhorio marcara-lhe o prazo de oito dias para o pagamento, ou metia-lhe os trastes no Depósito.

Tal é a manteiga com que ele vai untando agora o pão do almoço. É a única, e tem já o ranço da miséria que se aproxima. Comeu às pressas, e saiu, quase sem responder aos beijos da mulher. Vai tonto, sem saber que faça; as ideias batem-lhe na cabeça à maneira de pássaros espantados dentro de uma gaiola. Vida dos diabos! tudo caro! tudo pela hora da morte! E os ganhos eram sempre os mesmos. Não sabia onde iria parar, se as coisas não tomassem outro pé; assim é que não podia continuar. E soma as dívidas: tanto aqui, tanto ali, tanto acolá, mas perde-se na conta ou deixa-se perder de propósito, para não encarar todo o mal. De caminho, vai olhando para as casas grandes, sem ódio — ainda não tem ódio às riquezas — mas com saudade, uma saudade de coisas que não conhece, de uma vida lustrosa e fácil, toda alagada de gozos infinitos...

Às ave-marias, voltando a casa, achou Glória abatida. O padrinho respondeu-lhe que eles tinham as mãos rotas, e não dava mais nada enquanto fossem um par de malucos.

— Mas o que dizia eu a você, Glória? Para que é que você foi lá? Ou então era melhor ter pedido uma carta de fiança para outro senhorio... Par de malucos! Maluco é ele!

Glória aquietou-o, e falou-lhe de paciência e resolução. Agora, o melhor era mesmo ver outra casa mais barata, pedir uma espera, e depois arranjar meios e modos de pagar tudo. E paciência, muita paciência. Ela pela sua parte contava com a madrinha do céu. Porfírio foi ouvindo, estava já tranquilo; nem ele pedia outra coisa mais que esperanças. A esperança é a apólice do pobre; ele ficou abastado por alguns dias.

No sábado, voltando para a casa com a féria no bolso, foi tentado por um vendedor de bilhetes de loteria, que lhe ofereceu dois décimos das Alagoas, os últimos. Porfírio sentiu uma coisa no coração, um palpite, vacilou, andou, recuou e acabou comprando. Calculou que, no pior caso, perdia dois mil e quatrocentos; mas podia ganhar, e muito, podia tirar um bom prêmio e arrancava o pé do lodo, pagava tudo, e talvez ainda sobrasse dinheiro. Quando não sobrasse, era bom negócio. Onde diabo iria ele buscar dinheiro para saldar tanta coisa? Ao passo que um prêmio, assim inesperado, vinha do céu. Os números eram bonitos. Ele, que não tinha cabeça aritmética, já os levava de cor. Eram bonitos, bem combinados, principalmente um deles, por causa de um 5 repetido e de um 9 no meio. Não era certo, mas podia ser que tirasse alguma coisa.

Chegando a casa — na Rua de S. Diogo — ia mostrar os bilhetes à mulher, mas recuou; preferiu esperar. A roda andava dali a dois dias. Glória perguntou-lhe se achara casa; e, no domingo, disse-lhe que fosse ver alguma. Porfírio saiu, não achou nada, e voltou sem desespero. De tarde, perguntou rindo à mulher o que é que ela lhe daria se ele lhe trouxesse naquela semana um vestido de seda. Glória levantou os ombros. Seda não era para eles. E por que é que não havia de ser? Em que é que as outras moças eram melhores que ela? Não fosse ele pobre, e ela andaria de carro...

— Mas é justamente isso, Porfírio; nós não podemos.

Sim, mas Deus às vezes também se lembra da gente; enfim, não podia dizer mais nada. Ficasse ela certa de que tão depressa as coisas... Mas não; depois falaria. Calava-se por superstição; não queria assustar a fortuna. E mirando a mulher, com olhos derretidos, despia-lhe o vestido de chita, surrado e desbotado, e substituía-o por outro de seda azul, — havia de ser azul, — com fofos ou rendas, mas coisa que mostrasse bem a beleza do corpo da mulher... E esquecendo-se, em voz alta:

— Corpo como não há de haver muitos no mundo.

— Corpo quê, Porfírio? Você parece doido, disse Glória, espantada.

Não, não era doido, estava pensando naquele corpo que Deus lhe deu a ela... Glória torcia-se na cadeira, rindo, tinha muitas cócegas; ele retirou as mãos, e lembrou-lhe o acaso que o levou uma noite a passar pela rua da Imperatriz, onde a viu dançando, toda dengosa. E, falando, pegou dela pela cintura e começou a dançar com ela, cantarolando uma polca; Glória, arrastada por ele, entrou também a dançar a sério, na sala estreita, sem orquestra nem espectadores. Contas, aluguéis atrasados, nada veio ali dançar com eles.

Mas a fortuna espreitava-os. Dias depois, andando a roda, um dos bilhetes do Porfírio saiu premiado, tirou quinhentos mil-réis. Porfírio, alvoroçado, correu para a casa. Durante os primeiros minutos não pôde reger o espírito. Só deu acordo de si no Campo da Aclamação. Era ao fim da tarde; iam-se desdobrando as primeiras sombras da noite. E os quinhentos mil-réis eram como outras tantas mil estrelas na imaginação do pobre-diabo, que não via nada, nem as pessoas que lhe passavam ao pé, nem os primeiros lampiões, que se iam acendendo aqui e ali. Via os quinhentos mil-réis. Bem dizia ele que havia de tirar o pé do lodo; Deus não desampara os seus. E falava só resmungando, ou então ria; outras vezes dava ao corpo um ar superior. Na entrada da rua de S. Diogo achou um conhecido que o consultou sobre o modo prático de reunir alguns amigos e fundar uma irmandade de S. Carlos. Porfírio respondeu afoitamente:

— A primeira coisa é ter em caixa, logo, uns duzentos ou trezentos mil-réis.

Atirava assim quantias grandes, embriagava-se de centenas. Mas o amigo explicou-lhe que o primeiro passo era reunir gente, depois viria dinheiro; Porfírio, que já não pensava nisso, concordou e foi andando. Chegou a casa, espiou pela janela aberta, viu a mulher cosendo na sala, ao candeeiro, e bradou-lhe que abrisse a porta. Glória correu à porta assustada, ele quase que a deita no chão, abraçando-a muito, falando, rindo, pulando, tinham dinheiro, tudo pago, um vestido; Glória perguntava o que era, pedia-lhe que se explicasse, que sossegasse primeiro. Que havia de ser? Quinhentos mil-réis. Ela não quis crer; onde é que ele foi arranjar quinhentos mil-réis? Então Porfírio contou-lhe tudo, comprara dois décimos, dias antes, e não lhe disse nada, a ver primeiro se saía alguma coisa; mas estava certo que saía; o coração nunca o enganou.

Glória abraçou-o então com lágrimas. Graças a Deus, tudo estava salvo. E chegaria para pagar as dívidas todas? Chegava: Porfírio demonstrou-lhe que ainda sobrava dinheiro e foi fazer as contas com ela, ao canto da mesa. Glória ouvia em boa-fé, pois só sabia contar por dúzias; as centenas de mil-réis não lhe entravam na cabeça. Ouvia em boa-fé, calada, com os olhos nele, que ia contando devagar para não errar. Feitas as contas, sobravam perto de duzentos mil-réis.

— Duzentos? Vamos botar na Caixa.

— Não contando, acudiu ele, não contando certa coisa que hei de comprar; uma coisa... Adivinha o que é?

— Não sei.

— Quem é que precisa de um vestido de seda, coisa chic, feito na modista?

— Deixa disso, Porfírio. Que vestido, o quê? Pobre não tem luxo. Bota o dinheiro na Caixa.

— O resto boto; mas o vestido há de vir. Não quero mulher esfarrapada. Então, pobre não veste? Não digo lá comprar uma dúzia de vestidos, mas um, que mal faz? Você pode ter necessidade de ir a alguma parte, assim mais arranjadinha. E depois, você nunca teve um vestido feito por francesa.

Porfírio pagou tudo e comprou o vestido. Os credores, quando o viam entrar, franziam a cara; ele, porém, em vez de desculpas, dava-lhes dinheiro, com tal naturalidade que parecia nunca ter feito outra coisa. Glória ainda opôs resistência ao vestido; mas era mulher, cedeu ao adorno e à moda. Só não consentiu em mandá-lo fazer. O preço do feitio e o resto do dinheiro deviam ir para a Caixa Econômica.

— E por que é que há de ir para a Caixa? perguntou ele ao fim de oito dias.

— Para alguma necessidade, respondeu a mulher.

Porfírio refletiu, deu duas voltas, chegou-se a ela e pegou-lhe no queixo; esteve assim alguns instantes, olhando fixo.

Depois, abanando a cabeça:

— Você é uma santa. Vive aqui metida no trabalho; entra mês, sai mês, e nunca se diverte: nunca tem um dia que se diga de refrigério. Isto até é mau para a saúde.

— Pois vamos passear.

— Não digo isso. Passear só não basta. Se passear bastasse, cachorro não morria de lepra, acrescentou ele, rindo muito da própria ideia. O que eu digo é outra coisa. Falemos franco, vamos dar um pagode.

Glória opôs-se logo, instou, rogou, zangou-se; mas o marido tinha argumentos para tudo. Contavam eles com esse dinheiro? Não; podiam estar como dantes, devendo os cabelos da cabeça, ao passo que assim ficava tudo pago, e divertiam-se. Era até um modo de agradecer o benefício a Nosso Senhor. Que é que se levava da vida? Todos se divertiam; os mais reles sujeitos achavam um dia de festa; eles é que haviam de gastar os anos como se fossem escravos? E ainda ele, Porfírio, espairecia um pouco, via na rua uma coisa ou outra; ela, porém, o que é que via? Nada, não via nada; era só trabalho e mais trabalho. E depois, como é que ela havia de estrear o vestido de seda?

— No dia da Glória, vamos à festa da Glória. Porfírio refletiu um instante.

— Uma coisa não impede a outra, disse ele. Não convido muita gente, não; patuscada de família; convido o Firmino e a mulher, as filhas do defunto Ramalho, a comadre Purificação, o Borges...

— Mais ninguém, Porfírio; isso basta.

Porfírio esteve por tudo, e pode ser que sinceramente; mas os preparativos da festa vieram agravar a febre, que chegou ao delírio. Queria festa de estrondo, coisa que desse o que falar. No fim de uma semana eram trinta os convidados. Choviam pedidos; falava-se muito do pagode que o Porfírio ia dar, e do prêmio que ele tirara na loteria, uns diziam dois contos de réis, outros três e ele, interrogado, não retificava nada, sorria, evitava responder; alguns concluíam que os contos eram quatro, e ele sorria ainda mais, cheio de mistérios.

Chegou o dia. Glória, iscada da febre do marido, vaidosa com o vestido de seda, estava no mesmo grau de entusiasmo. Às vezes, pensava no dinheiro, e recomendava ao marido que se contivesse, que salvasse alguma coisa para pôr na Caixa; ele dizia que sim, mas contava mal, e o dinheiro ia ardendo... Depois de um jantar simples e alegre, começou o baile, que foi de estrondo, tão concorrido que não se podia andar.

Glória era a rainha da noite. O marido, apesar de preocupado com os sapatos — novos e de verniz — olhava para ela com olhos de autor. Dançaram muitas vezes, um com o outro, e a opinião geral é que ninguém os desbancava; mas dividiam-se com os convidados, familiarmente. Deram três, quatro, cinco horas. Às cinco havia um terço das pessoas, velha guarda imperial, que o Porfírio comandava, multiplicando-se, gravata ao lado, suando em bica, concertando aqui umas flores, arrebatando ali uma criança que ficara a dormir a um canto e indo levá-la para a alcova, alastrada de outras. E voltava logo batendo palmas, bradando que não esfriassem, que um dia não eram dias, que havia tempo de dormir em casa.

Então o oficlide roncava alguma coisa, enquanto as últimas velas expiravam dentro das mangas de vidro e nas arandelas.

"Ganhara um bom pecúlio a vender colchões e a não usar nenhum. Note-se que não era homem sórdido, pessoalmente desasseado; não. Usava camisa lavada, calça e rodaque lavados. Mas era a sua maior despesa. A cama era um velho sofá de palhinha; a mobília eram duas cadeiras, uma delas quebrada, uma mesa de pinho e um baú. A loja não era grande nem pequena, mas regular, cheia de mercadoria. Tinha dois operários. Era mercador de colchões esse homem, desde 1827. Esta história passa-se em 1849."

A
Cidade
e seus Pecados

MACHADO
DE
ASSIS

1839 · 1908

08

A PARASITA AZUL

1872

— PUBLICADO NO *JORNAL DAS FAMÍLIAS*, 1872,
E NO LIVRO *HISTÓRIAS DA MEIA-NOITE*, 1873 —

CAPÍTULO I
Volta ao Brasil

Há cerca de dezesseis anos, desembarcava no Rio de Janeiro, vindo da Europa, o sr. Camilo Seabra, goiano de nascimento, que ali fora estudar medicina e voltava agora com o diploma na algibeira e umas saudades no coração. Voltava de uma ausência de oito anos, tendo visto e admirado as principais coisas que um homem pode ver e admirar por lá, quando não lhe falta gosto nem meios. Ambas as coisas possuía, e se tivesse também, não digo muito, mas um pouco mais de juízo, houvera gozado melhor do que gozou, e com justiça poderia dizer que vivera.

Não abonava muito seus sentimentos patrióticos o rosto com que entrou a barra da capital brasileira. Trazia-o fechado e merencório, como quem abafa em si alguma coisa que não é exatamente a bem-aventurança terrestre. Arrastou um olhar aborrecido pela cidade, que se ia desenrolando à proporção que o navio se dirigia ao ancoradouro. Quando veio a hora de desembarcar fê-lo com a mesma alegria com que o réu transpõe os umbrais do cárcere. O escaler afastou-se do navio, em cujo mastro flutuava uma bandeira tricolor; Camilo murmurou consigo:

— Adeus, França!

Depois envolveu-se num magnífico silêncio e deixou-se levar para terra.

O espetáculo da cidade, que ele não via há tanto tempo, sempre lhe prendeu um pouco a atenção. Não tinha porém dentro da alma o alvoroço de Ulisses ao ver a terra da sua pátria. Era antes pasmo e tédio. Comparava o que via agora com o que vira durante longos anos, e sentia mais e mais apertar-lhe o coração a dolorosa saudade que o minava. Encaminhou-se para o primeiro hotel que lhe pareceu conveniente, e ali determinou passar alguns dias, antes de seguir para Goiás. Jantou solitário e triste, com a mente cheia de mil recordações do mundo que acabava de deixar, e para dar ainda maior desafogo à memória, apenas acabado o jantar, estendeu-se num canapé, e começou a desfiar consigo mesmo um rosário de cruéis desventuras.

Na opinião dele, nunca houvera mortal que mais dolorosamente experimentasse a hostilidade do destino. Nem no martirológio cristão, nem nos trágicos gregos, nem no livro de Jó havia sequer um pálido esboço dos seus infortúnios. Vejamos alguns traços patéticos da existência do nosso herói.

Nascera rico, filho de um proprietário de Goiás, que nunca vira outra terra além da província natal. Em 1828 estivera ali um naturalista francês, com quem o comendador Seabra travou relações, e de quem se fez tão amigo, que não quis outro padrinho para o seu único filho, que então contava um ano de idade. O naturalista, muito antes de o ser, cometera umas venialidades poéticas que mereceram alguns elogios em 1810, mas que o tempo — velho trapeiro da eternidade — levou consigo para o infinito depósito das coisas inúteis. Tudo lhe perdoara o ex-poeta, menos o esquecimento de um poema em que ele metrificara a vida de Fúrio Camilo, poema que ainda então lia com sincero entusiasmo. Como lembrança desta obra da juventude, chamou ele ao afilhado Camilo, e com esse nome o batizou o padre Maciel, a grande aprazimento da família e seus amigos.

— Compadre, disse o comendador ao naturalista, se este pequeno vingar, hei de mandá-lo para sua terra, a aprender medicina ou qualquer outra coisa em que se faça homem. No caso de lhe achar jeito para andar com plantas e minerais, como o senhor, não se acanhe; dê-lhe o destino que lhe parecer como se fora seu pai, que o é, espiritualmente falando.

— Quem sabe se eu viverei nesse tempo? disse o naturalista.

— Oh! Há de viver! protestou Seabra. Esse corpo não engana; a sua têmpera é de ferro. Não o vejo eu andar todos os dias por esse matos e campos, indiferente a sóis e a chuvas, sem nunca ter a mais leve dor de cabeça? Com metade dos seus trabalhos já eu estava defunto. Há de viver e cuidar do meu rapaz, apenas ele tiver concluído cá os seus primeiros estudos.

A promessa de Seabra foi pontualmente cumprida. Camilo seguiu para Paris, logo depois de alguns preparatórios, e ali o padrinho cuidou dele como se realmente fora seu pai. O comendador não poupava dinheiro para que nada faltasse ao filho; a mesada que lhe mandava podia bem servir para duas ou três pessoas em iguais circunstâncias. Além da mesada, recebia ele por ocasião da Páscoa e do Natal amêndoas e festas que a mãe lhe mandava, e que lhe chegavam às mãos debaixo da forma de alguns excelentes mil francos.

Até aqui o único ponto negro na existência de Camilo era o padrinho, que o trazia peado, com receio de que o rapaz viesse a perder-se nos precipícios da grande cidade. Quis, porém, a sua boa estrela que o ex-poeta de 1810 fosse repousar no nada ao lado das suas produções extintas, deixando na ciência alguns vestígios da sua passagem por ela. Camilo apressou-se ao escrever ao pai uma carta cheia de reflexões filosóficas.

O período final dizia assim:

"Em suma, meu pai, se lhe parece que eu tenho o necessário juízo para concluir aqui os meus estudos, e se tem confiança na boa inspiração que me há de dar a alma daquele que lá se foi deste vale de lágrimas para gozar a infinita bem-aventurança, deixe-me cá ficar até que eu possa regressar ao meu país, como um cidadão esclarecido e apto para o servir, como é do meu dever. Caso a sua vontade seja contrária a isto que lhe peço, diga-o com franqueza, meu pai, porque então não me demorarei um instante mais nesta terra, que já foi meia pátria para mim, e que hoje (*hélas!*) é apenas uma terra de exílio."

O bom velho não era homem que pudesse ver por entre as linhas desta lacrimosa epístola o verdadeiro sentimento que a ditara. Chorou de alegria ao ler as palavras do filho, mostrou a carta a todos os seus amigos, e apressou-se a responder ao rapaz que podia ficar em Paris todo o tempo necessário para completar os seus estudos, e que, além da mesada que lhe dava, nunca recusaria tudo quanto lhe fosse indispensável em circunstâncias imprevistas. Além disto, aprovava de coração os sentimentos que ele manifestava em relação à sua pátria e à memória do padrinho. Transmitia-lhe muitas recomendações do tio Jorge, do padre Maciel, do coronel Veiga, de todos os parentes e amigos, e concluía deitando-lhe a benção.

A resposta paterna chegou às mãos de Camilo no meio de um almoço, que ele dava no Café de Madri a dois ou três estroinas de primeira qualidade. Esperava aquilo mesmo, mas não resistiu ao desejo de beber à saúde do pai, ato em que foi acompanhado pelos elegantes milhafres seus amigos. Nesse mesmo dia planeou Camilo algumas circunstâncias imprevistas (para o comendador) e o próximo correio trouxe para o Brasil uma extensa carta em que ele agradecia as boas expressões do pai, dizia-lhe as suas saudades, confiava-lhe as suas esperanças, e pedia-lhe respeitosamente, em *post scriptum*, a remessa de uma pequena quantia de dinheiro.

Graças a estas facilidades atirou-se o nosso Camilo a uma vida solta e dispendiosa, não tanto, porém, que lhe sacrificasse os estudos. A inteligência que possuía, e certo amor-próprio que não perdera, muito o ajudaram neste lance; concluído o curso, foi examinado, aprovado e doutorado.

A notícia do acontecimento foi transmitida ao pai com o pedido de uma licença para ir ver outras terras da Europa. Obteve a licença, e saiu de Paris para visitar a Itália, a Suíça, a Alemanha e a Inglaterra. No fim de alguns meses estava outra vez na grande capital, e aí reatou o fio da sua antiga existência, já livre então dos cuidados estranhos e aborrecidos. A escala todas dos prazeres sensuais e frívolos foi percorrida por este esperançoso mancebo com uma sofreguidão que parecia antes suicídio. Seus amigos eram numerosos, solícitos e constantes; alguns não duvidavam dar-lhe a honra de o constituir seu credor. Entre as moças de Corinto era o seu nome verdadeiramente popular; não poucas o tinham amado até o delírio. Não havia pateada célebre em que a chave dos seus aposentos não figurasse, nem corrida, nem ceata, nem passeios em que não ocupasse um dos primeiros lugares *cet aimable brésilien*.

Desejoso de o ver, escreveu-lhe o comendador pedindo que regressasse ao Brasil; mas o filho, parisiense até à medula dos ossos, não compreendia que um homem pudesse sair do cérebro da França para vir internar-se em Goiás. Respondeu com evasivas e deixou-se ficar. O velho fez vista grossa a esta primeira desobediência. Tempos depois insistiu em chamá-lo; novas evasivas da parte de Camilo. Irritou-se o pai e a terceira carta que lhe mandou foi já de amargas censuras. Camilo caiu em si e dispôs-se com grande mágoa a regressar à pátria, não sem esperanças de voltar a acabar os seus dias no Boulevard dos Italianos ou à porta do café Helder.

Um incidente, porém, demorou ainda desta vez o regresso do jovem médico. Ele, que até ali vivera de amores fáceis e paixões de uma hora, veio a enamorar-se repentinamente de uma linda princesa russa. Não se assustem; a princesa russa de quem falo, afirmavam algumas pessoas que era filha da rua do Bac e trabalhara numa casa de modas, até à revolução de 1848. No meio da revolução apaixonou-se por um major polaco, que a levou para Varsóvia, donde acaba de chegar transformada em princesa, com um nome acabado em *ine* ou em *off*, não sei bem. Vivia misteriosamente, zombando de todos os seus adoradores, exceto de Camilo, dizia ela, por quem sentia que era capaz de aposentar as suas roupas de viúva. Tão depressa, porém, soltava estas expressões irrefletidas, como logo protestava com os olhos no céu.

— Oh! não! Nunca, meu caro Alexis, nunca desonrarei a tua memória unindo-me a outro.

Isto eram punhais que dilaceravam o coração de Camilo. O jovem médico jurava por todos os santos do calendário latino e grego que nunca amara a ninguém como a formosa princesa. A bárbara senhora parecia às vezes disposta a crer nos protestos de Camilo; outras vezes porém abanava a cabeça e pedia perdão à sombra do venerando príncipe Alexis. Neste meio tempo chegou uma carta decisiva do comendador. O velho goiano intimava pela última vez ao filho que voltasse, sob pena de lhe suspender todos os recursos e trancar-lhe a porta.

Não era possível tergiversar mais. Imaginou ainda uma grave moléstia; mas a ideia de que o pai podia não acreditar nela e suspender-lhe realmente os meios, aluiu de todo este projeto. Camilo sem ânimo teve de ir confessar a sua posição à bela princesa; receava além disso que ela, por um rasgo de generosidade, — natural em que se ama, — quisesse dividir com ele as suas terras de Novgorod. Aceitá-las seria humilhação, recusá-las poderia ser ofensa. Camilo preferiu sair de Paris deixando à princesa uma carta em que lhe contava singelamente os acontecimentos e prometia voltar algum dia.

Tais eram as calamidades com que o destino quisera abater o ânimo de Camilo. Todas elas repassou na memória o infeliz viajante, até que ouviu bater oito horas da noite. Saiu um pouco para tomar ar, e ainda mais se lhe acenderam as saudades de Paris. Tudo lhe parecia lúgubre, acanhado, mesquinho. Olhou com desdém olímpico para todas as lojas da rua do Ouvidor, que lhe pareceu apenas um beco muito comprido e muito iluminado. Achava os homens deselegantes, as senhoras desgraciosas. Lembrou-se, porém, que Santa Luzia, sua cidade natal, era ainda menos parisiense que o Rio de Janeiro, e então, abatido com esta importuna ideia, correu para o hotel e deitou-se a dormir.

No dia seguinte, logo depois do almoço, foi à casa do correspondente de seu pai. Declarou-lhe que tencionava seguir dentro de quatro ou cinco dias para Goiás, e recebeu dele os necessários recursos, segundo as ordens já dadas pelo comendador. O correspondente acrescentou que estava incumbido de lhe facilitar tudo o que quisesse no caso de desejar passar algumas semanas na corte.

— Não, respondeu Camilo; nada me prende à corte e estou ansioso por me ver a caminho.

— Imagino as saudades que há de ter. Há quantos anos?

— Oito.

— Oito! Já é uma ausência longa.

Camilo ia-se dispondo a sair, quando viu entrar um sujeito alto, magro, com alguma barba em baixo do queixo e bigode, vestido com um paletó de brim pardo e trazendo na cabeça um chapéu-chile. O sujeito olhou para Camilo, estacou, recuou um passo, e depois de uma razoável hesitação, exclamou:

— Não me engano! é o sr. Camilo!

— Camilo Seabra, com efeito, respondeu o filho do comendador, lançando um olhar interrogativo ao dono da casa.

— Este senhor, disse o correspondente, é o sr. Soares, filho do negociante do mesmo nome, da cidade de Santa Luzia.

— Quê! é o Leandro que eu deixei apenas com um buço...

— Em carne e osso, interrompeu Soares; é o mesmo Leandro que lhe aparece agora todo barbado, como o senhor, que também está com bigodes bonitos!

— Pois não o conhecia...

— Conheci-o eu apenas o vi, apesar de o achar muito mudado do que era. Está agora um moço apurado. Eu é que estou velho. Já cá estão vinte e seis... Não se ria: estou velho. Quando chegou?

— Ontem.

— E quando segue viagem para Goiás?

— Espero o primeiro vapor de Santos.

— Nem de propósito! Iremos juntos.

— Como está seu pai? Como vai toda aquela gente? O padre Maciel? O Veiga? Dê-me notícias de todos e de tudo.

— Temos tempo para conversar à vontade. Por agora só lhe digo que todos vão bem. O vigário é que esteve dois meses doente de uma febre maligna e ninguém pensava que arribasse; mas arribou. Deus nos livre que o homem adoeça, agora que estamos com o Espírito Santo à porta.

— Ainda fazem aquelas festas?

— Pois então! O imperador, este ano, é o coronel Veiga; e diz que quer fazer as coisas com todo o brilho. Já prometeu que daria um baile. Mas nós temos tempo de conversar, ou aqui ou em caminho. Onde está morando?

Camilo indicou o hotel em que se achava, e despediu-se do comprovinciano, satisfeito de haver encontrado um companheiro que de algum modo lhe diminuísse os tédios de tão longa viagem. Soares chegou à porta e acompanhou com os olhos o filho do comendador até perdê-lo de vista.

— Veja o senhor o que é andar por estas terras estrangeiras, disse ele ao correspondente, que também chegava à porta. Que mudança fez aquele rapaz, que era pouco mais ou menos como eu!

CAPÍTULO II
Para Goiás

Daí a dias seguiam ambos para Santos, de lá para São Paulo e tomavam a estrada de Goiás.

Soares, à medida que ia reavendo a antiga amizade com o filho do comendador, contava-lhe as memórias da sua vida, durante os oito anos de separação, e, à falta de coisa melhor, era isto o que entretinha o médico nas ocasiões e lugares em que a natureza lhe não oferecia algum espetáculo dos seus. Ao cabo de umas quantas léguas de marcha estava Camilo informado das rixas eleitorais de Soares, das suas aventuras na caça, das suas proezas amorosas, e de muitas coisas mais, umas graves, outras fúteis, que Soares narrava com igual entusiasmo e interesse.

Camilo não era espírito observador; mas a alma de Soares andava-lhe tão patente nas mãos, que era impossível deixar de a ver e examinar. Não lhe pareceu mau rapaz; notou-lhe, porém, certa fanfarronice, em todo o gênero de coisas, na política, na caça, no jogo, e até nos amores. Neste último capítulo havia um parágrafo sério; era o que dizia respeito a uma moça que ele amava loucamente, de tal modo que prometia aniquilar a quem quer que ousasse levantar olhos para ela.

— É o que lhe digo, Camilo, confessava o filho do comerciante, se alguém tiver o atrevimento de pretender essa moça pode contar que há no mundo mais dois desgraçados, ele e eu. Não há de acontecer assim felizmente; lá todos me conhecem; sabem que não cochilo para executar o que prometo. Há poucos meses o major Valente perdeu a eleição só porque teve o atrevimento de dizer que ia arranjar a demissão do juiz municipal. Não arranjou a demissão, e por castigo tomou taboca; saiu na lista dos suplentes. Quem lhe deu o golpe fui eu. A coisa foi...

— Mas por que não se casa com essa moça? perguntou Camilo, desviando cautelosamente a narração da última vitória eleitoral de Soares.

— Não me caso porque... tem muita curiosidade de o saber?

— Curiosidade... de amigo e nada mais.

— Não me caso porque ela não quer.

Camilo estacou o cavalo.

— Não quer? disse ele espantado. Então por que motivo pretende impedir que ela...

— Isso é uma história muito comprida. A Isabel...

— Isabel?... interrompeu Camilo. Ora, espere, será a filha do dr. Matos, que foi juiz de direito há dez anos?

— Essa mesma.

— Deve estar uma moça?

— Tem seus vinte anos bem contados.

— Lembra-me que era bonitinha aos doze

— Oh! mudou muito... para melhor! Ninguém a vê que não fique logo com a cabeça voltada. Tem rejeitado já uns poucos de casamentos. O último noivo recusado fui eu. A causa por que se me recusou foi ela mesma que me veio dizer.

— E que causa era?

— "Olha, sr. Soares, disse-me ela. O senhor merece bem que uma moça o aceite por marido; eu era capaz disso, mas não o faço porque nunca seríamos felizes."

— Que mais?

— Mais nada. Respondeu-me apenas isto que lhe acabo de contar.

— Nunca mais se falaram?

— Pelo contrário, falamo-nos muitas vezes. Não mudou comigo; trata-me como dantes. A não serem aquelas palavras que ela me disse, e que ainda me doem cá dentro, eu podia ter esperanças. Vejo, porém, que seriam inúteis; ela não gosta de mim.

— Quer que lhe diga uma coisa com franqueza?

— Diga.

— Parece-me um grande egoísta.

— Pode ser; mas sou assim. Tenho ciúmes de tudo, até do ar que ela respira. Eu, se a visse gostar de outro, e não pudesse impedir o casamento, mudava de terra. O que me vale é a convicção que tenho de que ela não há de gostar nunca de outro, e assim pensam todos os mais.

— Não admira que não saiba amar, reflexionou Camilo, pondo os olhos no horizonte como se estivesse ali a imagem da formosa súdita do tzar. Nem todas receberam do céu esse dom, que é o verdadeiro distintivo dos espíritos seletos. Algumas há, porém que sabem dar a vida e a alma a um ente querido, que lhe enchem o coração de profundos afetos, e deste modo fazem jus a uma perpétua adoração. São raras, bem sei, as mulheres desta casta; mas existem...

Camilo terminou esta homenagem à dama dos seus pensamentos abrindo as asas a um suspiro que, se não chegou ao seu destino, não foi por culpa do autor. O companheiro não compreendeu a intenção do discurso, insistiu em dizer que a formosa goiana estava longe de gostar de ninguém, e ele ainda mais longe de lho consentir.

O assunto agradava aos dois comprovincianos; falaram dele longamente até o aproximar da tarde. Pouco depois chegaram a um pouso, onde deviam pernoitar.

Tirada a carga dos animais, cuidaram os criados primeiramente do café, e depois do jantar. Nessas ocasiões ainda mais pungiam ao nosso herói as saudades de Paris. Que diferença entre os seus jantares dos *restaurants* dos *boulevards* e aquela refeição ligeira e tosca, num miserável pouso de estrada, sem os acepipes da cozinha francesa, sem a leitura do *Figaro* ou da *Gazette des Tribunaux*!

Camilo suspirava consigo mesmo; tornava-se então ainda menos comunicativo. Não se perdia nada porque o seu companheiro falava por dois.

Acabada a refeição, acendeu Camilo um charuto e Soares um cigarro de palha. Era já noite. A fogueira do jantar alumiava um pequeno espaço em roda; mas nem era preciso, porque a lua começava a surgir de trás de um morro, pálida e luminosa, brincando nas folhas do arvoredo e nas águas tranquilas do rio que serpeava ali ao pé.

Um dos tropeiros sacou a viola e começou a gargantear uma cantiga, que a qualquer outro encantaria pela rude singeleza dos versos e da toada, mas que ao filho do comendador apenas fez *lembrar* com tristeza as volatas da Ópera. Lembrou-lhe mais; lembrou-lhe uma noite em que a bela moscovita, molemente sentada num camarote dos Italianos, deixava de ouvir as ternuras do tenor, para contemplá-lo de longe, cheirando um raminho de violetas.

Soares atirou-se à rede e adormeceu.

O tropeiro cessou de cantar, e dentro de pouco tempo tudo era silêncio no pouso.

Camilo ficou sozinho diante da noite, que estava realmente formosa e solene. Não faltava ao jovem goiano a inteligência do belo; e a quase novidade daquele espetáculo, que uma longa ausência lhe fizera esquecer, não deixava de o impressionar imensamente.

De quando em quando chegavam aos seus ouvidos urros longínquos, de alguma fera que vagueava na solidão. Outras vezes eram aves noturnas, que soltavam ao perto os seus pios tristonhos. Os grilos, e também as rãs e os sapos formavam o coro daquela ópera do sertão, que o nosso herói admirava decerto, mas à qual preferia indubitavelmente a ópera cômica.

Assim esteve longo tempo, cerca de duas horas, deixando vagar o seu espírito ao sabor das saudades, e levantando e desfazendo mil castelos no ar. De repente foi chamado a si pela voz de Soares, que parecia vítima de um pesadelo. Afiou o ouvido e escutou estas palavras soltas e abafadas que o seu companheiro murmurava:

— Isabel... querida Isabel... Que é isso?... Ah! meu Deus! Acudam!

As últimas sílabas eram já mais aflitas que as primeiras. Camilo correu ao companheiro e fortemente o sacudiu. Soares acordou espantado, sentou-se, olhou em roda de si e murmurou:

— Que é?

— Um pesadelo.

— Sim, foi um pesadelo. Ainda bem! Que horas são?

— Ainda é noite.

— Já está levantado?

— Agora é que me vou deitar. Durmamos que é tempo.

— Amanhã lhe contarei o sonho.

No dia seguinte efetivamente, logo depois das primeiras vinte braças de marcha, referiu Soares o terrível sonho de véspera.

— Estava eu ao pé de um rio, disse ele, com a espingarda na mão, espiando as capivaras. Olho casualmente para a ribanceira que ficava muito acima, do lado oposto, e vejo uma moça montada num cavalo preto, e com os cabelos, que também eram pretos, caídos sobre os ombros...

— Era tudo uma escuridão, interrompeu Camilo.

— Espere; admirei-me de ver ali, e por aquele modo, uma moça que me parecia franzina e delicada. Quem pensava o senhor que era?

— A Isabel.

— A Isabel. Corri pela margem adiante, trepei acima de uma pedra fronteira ao lugar onde ela estava, e perguntei-lhe o que fazia ali. Ela esteve algum tempo calada. Depois, apontando para o fundo do grotão, disse:

— O meu chapéu caiu lá embaixo.

— Ah!

— O senhor ama-me? disse ela passados alguns minutos.

— Mais que a vida!

— Fará o que eu lhe pedir?

— Tudo.

— Bem, vá buscar o meu chapéu.

— Olhei para baixo. Era um imenso grotão em cujo fundo fervia e roncava uma água barrenta e grossa. O chapéu, em vez de ir com a corrente por ali abaixo até perder-se de todo, ficara espetado na ponta de uma rocha, e lá do fundo parecia convidar-me a descer. Mas era impossível. Olhei para todos os lados, a ver se achava algum recurso. Nenhum havia...

— Veja o que é a imaginação escaldada! observou Camilo.

— Já eu procurava algumas palavras com que dissuadisse Isabel da sua terrível ideia, quando senti pousar-me uma mão no ombro. Voltei-me; era um homem; era o senhor.

— Eu?

— É verdade. O senhor olhou para mim com um ar de desprezo, sorriu para ela e depois olhou para o abismo. Repentinamente, sem que eu possa dizer como, estava o senhor embaixo e estendia a mão para tirar o chapelinho fatal.

— Ah!

— A água, porém, engrossando subitamente, ameaçava submergi-lo. Então Isabel, soltando um grito de angústia, esporeou o cavalo e atirou-se pela ribanceira abaixo. Gritei... chamei por socorro; tudo foi inútil. Já a água os enrolava em suas dobras... quando fui acordado pelo senhor.

Leandro Soares concluiu esta narração do seu pesadelo, parecendo ainda assustado com o que lhe acontecera... imaginariamente. Convém dizer que ele acreditava nos sonhos.

— Veja o que é uma digestão mal feita! exclamou Camilo quando o comprovinciano terminou a narração. Que porção de tolices! O chapéu, a ribanceira, o cavalo, e mais que tudo a minha presença nesse melodrama fantástico, tudo isso é obra de quem digeriu mal o jantar. Em Paris há teatros que representam pesadelos assim, — piores do que o seu porque são mais compridos. Mas o que vejo também é que essa moça não o deixa nem dormindo.

— Nem dormindo!

Soares disse estas duas palavras quase como um eco, sem consciência. Desde que concluíra a narração, e logo depois das primeiras palavras de Camilo, entrara a fazer consigo uma série de reflexões que não chegaram ao conhecimento do autor desta narrativa. O mais que lhes posso dizer é que não eram alegres, porque a fonte lhe descaiu, enrugou-se-lhe a testa, e ele, cravando os olhos nas orelhas do animal, recolheu-se a um inviolável silêncio.

A viagem, daquele dia em diante, foi menos suportável para Camilo de que até ali. Além de uma leve melancolia que se apoderara do companheiro, ia-se-lhe tornando enfadonho aquele andar léguas e léguas que pareciam não acabar mais. Afinal voltou Soares à sua habitual verbosidade, mas já então nada podia vencer o tédio mortal que se apoderara do mísero Camilo.

Quando porém avistou a cidade, perto da qual estava a fazenda, onde vivera as primeiras auroras da sua mocidade, Camilo sentiu abalar-se-lhe fortemente o coração. Um sentimento sério o dominava. Por algum tempo, ao menos, Paris com seus esplendores cedia o lugar à pequena e honesta pátria dos Seabras.

CAPÍTULO III
O Encontro

Foi um verdadeiro dia de festa aquele em que o comendador cingiu ao peito o filho que oito anos antes mandara a terras estranhas. Não pôde reter as lágrimas o bom velho, — não pôde, que elas vinham de um coração ainda viçoso de afetos e exuberante de ternura. Não menos intensa e sincera foi a alegria de Camilo. Beijou repetidamente as mãos e a fronte do pai, abraçou os parentes, os amigos de outro tempo, e durante alguns dias, — não muitos, — parecia completamente curado dos seus desejos de regressar à Europa.

Na cidade e seus arredores não se falava em outra coisa. O assunto, não principal, mas exclusivo das palestras e comentários era o filho do comendador. Ninguém se fartava de o elogiar. Admiravam-lhe as maneiras e a elegância. A mesma superioridade com que ele falava a todos, achava entusiastas sinceros. Durante muitos dias foi totalmente impossível que o rapaz pensasse em outra coisa que não fosse contar as suas viagens aos amáveis conterrâneos. Mas pagavam-lhe a maçada, porque a menor coisa que ele dissesse tinha aos olhos dos outros uma graça indefinível. O padre Maciel, que o batizara vinte e seis anos antes, e que o via já homem completo era o primeiro pregoeiro da sua transformação.

— Pode gabar-se, sr. comendador, dizia ele ao pai de Camilo, pode gabar-se de que o céu lhe deu um rapaz de truz! Santa Luzia vai ter um médico de primeira ordem, se me não engana o afeto que tenho a esse que era ainda ontem um pirralho. E não só médico, mas até bom filósofo; é verdade, parece-me bom filósofo. Sondei-o ontem nesse particular, e não lhe achei ponto fraco ou duvidoso.

O tio Jorge andava a perguntar a todos o que pensavam do sobrinho Camilo. O tenente-coronel Veiga agradecia à providência a chegada do dr. Camilo nas proximidades do Espírito Santo.

— Sem ele, o meu baile seria incompleto.

O dr. Matos não foi o último que visitou o filho do comendador. Era um velho alto e bem feito, ainda que um tanto quebrado pelos anos.

— Venha, doutor, disse o velho Seabra apenas o viu assomar à porta: venha ver o meu homem.

— Homem, com efeito, respondeu Matos contemplando o rapaz. Está mais homem do que eu supunha. Também já lá vão oito anos! Venha de lá esse abraço!

O moço abriu os braços ao velho. Depois, como era costume fazer a quantos o iam ver, contou-lhe alguma coisa das suas viagens e estudos. É perfeitamente inútil dizer que o nosso herói omitiu sempre tudo quanto pudesse abalar o bom conceito em que estava no ânimo de todos. A dar-lhe crédito, vivera quase como um anacoreta; e ninguém ousava pensar ao contrário.

Tudo eram pois alegrias na boa cidade e seus arredores; e o jovem médico, lisonjeado com a inesperada recepção que teve, continuou a não pensar muito em Paris. Mas o tempo corre e as nossas sensações com ele se modificam. No fim de quinze dias tinha Camilo esgotado a novidade das suas impressões; a fazenda começou a mudar de aspecto; os campos ficaram monótonos, as árvores monótonas, os rios monótonos, a cidade monótona, ele próprio monótono. Invadiu-o então uma coisa a que podemos chamar — nostalgia do exílio.

“Não, dizia ele consigo, não posso ficar aqui mais três meses. Paris ou o cemitério, tal é o dilema que se me oferece. Daqui a três meses, estarei morto ou a caminho da Europa.”

O aborrecimento de Camilo não escapou aos olhos do pai, que quase vivia a olhar para ele.

"Tem razão, pensava o comendador. Quem viveu por essas terras que dizem ser tão bonitas e animadas, não pode estar aqui muito alegre. É preciso dar-lhe alguma ocupação... a política, por exemplo."

— Política! exclamou Camilo, quando o pai lhe falou nesse assunto. De que me serve a política, meu pai?

— De muito. Serás primeiro deputado provincial; podes ir depois para a Câmara no Rio de Janeiro. Um dia interpelas o ministério e se ele cair, podes subir ao governo. Nunca tiveste ambição de ser ministro?

— Nunca.

— É pena!

— Por quê?

— Porque é bom ser ministro.

— Governar os homens, não é? disse Camilo rindo; é um sexo ingovernável; prefiro o outro.

Seabra riu-se do repente, mas não perdeu a esperança de convencer o herdeiro.

Havia já vinte dias que o médico estava em casa do pai, quando se lembrou da história que lhe contara Soares e do sonho que ele tivera no pouso. A primeira vez que foi à cidade e esteve com o filho do negociante, perguntou-lhe:

— Diga-me como vai a sua Isabel, que ainda a não vi?

Soares olhou para ele com sobrolho carregado e levantou os ombros resmungando um seco:

— Não sei.

Camilo não insistiu.

"A moléstia ainda está no período agudo", disse ele consigo.

Teve porém curiosidade de ver a formosa Isabelinha, que tão por terra deitara aquele verboso cabo eleitoral. A todas as moças da localidade, em dez léguas em redor, havia já falado o jovem médico. Isabel era a única esquiva até então. Esquiva não digo bem. Camilo fora uma vez à fazenda do dr. Matos; mas a filha estava doente. Pelo menos foi isso o que lhe disseram.

— Descanse, dizia-lhe um vizinho a quem ele mostrara impaciência de conhecer a amada de Leandro Soares; há de vê-la no baile do coronel Veiga, ou na festa do Espírito Santo, ou em outra qualquer ocasião.

A beleza da moça, que ele não julgava pudesse ser superior, nem sequer igual à da viúva do príncipe Alexis, a paixão incurável de Soares, e o tal ou qual mistério com que se falava de Isabel, tudo isso excitou ao último ponto a curiosidade do filho do comendador.

No domingo próximo, oito dias antes do Espírito Santo, saiu Camilo da fazenda para ir à missa na igreja da cidade, como já fizera nos domingos anteriores. O cavalo ia a passo lento, a compasso com o pensamento do cavaleiro, que se espreguiçava pelo campo fora em busca das sensações que já não tinha e que ansiava ter de novo.

Mil singulares ideias atravessavam o cérebro de Camilo. Ora, almejava alar-se com cavalo e tudo, os ares e ir cair defronte do Palais-Royal, ou em outro qualquer ponto da capital do mundo. Logo depois fazia a si mesmo a descrição de um cataclismo tal, que ele viesse a achar-se almoçando no Café Tortoni, dois minutos depois de chegar ao altar o padre Maciel.

De repente, ao quebrar uma volta da estrada, descobriu ao longe duas senhoras a cavalo acompanhadas por um pajem. Picou de esporas e dentro de pouco tempo estava junto dos três cavaleiros. Uma das senhoras voltou a cabeça, sorriu e parou. Camilo aproximou-se, com a cabeça descoberta, e estendeu-lhe a mão, que ela apertou.

A senhora a quem cumprimentara era a esposa do tenente-coronel Veiga. Representava ter quarenta e cinco anos, mas estava assaz conservada. A outra senhora, sentindo o movimento da companheira, fez parar também o cavalo e voltou igualmente a cabeça. Camilo não olhava então para ela. Estava ocupado em ouvir d. Gertrudes, que lhe dava notícias do tenente-coronel.

— Agora só pensa na festa, dizia ela; já deve estar na igreja. Vai à missa, não?

— Vou.

— Vamos juntos.

Trocadas estas palavras, que foram rápidas, Camilo procurou com os olhos a outra cavaleira. Ela porém ia já alguns passos adiante. O médico colocou-se ao lado de d. Gertrudes, e a comitiva continuou a andar. Iam assim conversando havia já uns dez minutos, quando o cavalo da senhora que ia adiante estacou.

— Que é, Isabel? perguntou d. Gertrudes.

— Isabel! exclamou Camilo, sem dar atenção ao incidente que provocara a pergunta da esposa do coronel.

A moça voltou a cabeça e levantou os ombros respondendo secamente:

— Não sei.

A causa era um rumor que o cavalo sentira por trás de uma espessa moita de taquaras que ficava à esquerda do caminho. Antes porém que o pajem ou Camilo fosse examinar a causa da relutância do animal, a moça fez um esforço supremo, e chicoteando vigorosamente o cavalo, conseguiu que este vencesse o terror, e deitasse a correr a galope adiante dos companheiros.

— Isabel! disse Camilo a d. Gertrudes. Aquela moça será a filha do dr. Matos?

— É verdade. Não a conhecia?

— Há oito anos que a não vejo. Está uma flor! Já me não admira que se fale aqui tanto na sua beleza. Disseram-me que estava doente...

— Esteve; mas as suas doenças são coisas de pequena monta. São nervos; assim se diz, creio eu, quando se não sabe do que uma pessoa padece...

Isabel parara ao longe, e voltada para a esquerda da estrada, parecia admirar o espetáculo da natureza. Daí a alguns minutos estavam perto dela os seus companheiros. A moça ia prosseguir a marcha, quando d. Gertrudes lhe disse:

— Isabel!

A moça voltou o rosto. D. Gertrudes aproximou-se dela.

— Não te lembras do dr. Camilo Seabra?

— Talvez não se lembre, disse Camilo. Tinha doze anos quando eu saí daqui, e já lá vão oito!

— Lembro-me, respondeu Isabel curvando levemente a cabeça, mas sem olhar para o médico.

E chicoteando de mansinho o cavalo, seguiu para diante. Por mais singular que fosse aquela maneira de reatar conhecimento antigo, o que mais impressionou então o filho do comendador foi a beleza de Isabel, que lhe pareceu estar na altura da reputação.

Tanto quanto se podia julgar à primeira vista, a esbelta cavaleira deveria ser mais alta que baixa. Era morena, — mas de um moreno acetinado e macio, com uns delicadíssimos longes cor-de-rosa, — o que seria efeito da agitação, visto que afirmavam ser extremamente pálida. Os olhos, — não lhes pôde Camilo ver a cor, mas sentiu-lhes a luz que valia mais talvez, apesar de o não terem fitado, e compreendeu logo que com olhos tais a formosa goiana houvesse fascinado o mísero Soares.

Não averiguou, — nem pôde, as restantes feições da moça; mas o que pôde contemplar à vontade, o que já vinha admirando de longe, era a elegância nativa do busto e o gracioso desgarro com que ela montava. Vira muitas amazonas elegantes e destras. Aquela porém tinha alguma coisa em que se avantajava às outras; era talvez o desalinho do gesto, talvez a espontaneidade dos movimentos, outra coisa talvez, ou todas essas juntas que davam à interessante goiana incontestável supremacia.

Isabel parava de quando em quando o cavalo e dirigia a palavra à esposa do coronel, a respeito de qualquer acidente, — de um efeito de luz, de um pássaro que passava, de um som que se ouvia, — mas em nenhuma ocasião encarava ou sequer olhava de esguelha o filho do comendador. Absorvido na contemplação da moça, Camilo deixou cair a conversa, e havia já alguns minutos que ele e d. Gertrudes iam cavalgando, sem dizer uma palavra, ao lado um do outro. Foram interrompidos em sua marcha silenciosa por um cavaleiro, que vinha atrás da comitiva a trote largo.

Era Soares.

O filho do negociante vinha bem diferente do que até ali andava. Cumprimentou-os sorrindo e jovial como estivera nos primeiros dias de viagem do médico. Não era porém difícil conhecer que a alegra de Soares era um artifício. O pobre namorado fechava o rosto de quando em quando, ou fazia um gesto de desespero que felizmente escapava aos outros. Ele receava o triunfo de um homem que física e intelectualmente lhe era superior; que, além disso, gozava naquela ocasião a grande vantagem de dominar a atenção pública, que era o urso da aldeia, o acontecimento do dia, o homem da situação. Tudo conspirava para derrubar a última esperança de Soares, que era a esperança de ver morrer a moça isenta de todo o vínculo conjugal! O infeliz namorado tinha o sestro, aliás comum, de querer ver quebrada ou inútil a taça que ele não podia levar aos lábios.

Cresceu porém seu receio quando, estando escondido no taqueral de que falei acima, para ver passar Isabel, como costumava fazer muitas vezes, descobriu a pessoa de Camilo na comitiva. Não pôde reter uma exclamação de surpresa, e chegou a dar um passo na direção da estrada. Deteve-se a tempo. Os cavaleiros, como vimos, passaram adiante, deixando o cioso pretendente a jurar aos céus e à terra que tomaria desforra do seu atrevido rival, se o fosse.

Não era rival, bem sabemos; o coração de Camilo guardava ainda fresca a memória da Artemisa moscovita, cujas lágrimas, apesar da distância, o rapaz sentia que eram ardentes e aflitivas. Mas quem poderia convencer a Leandro Soares que o elegante *moço da Europa*, como lhe chamavam, não ficaria enamorado da esquiva goiana?

Isabel, entretanto, apenas viu o infeliz pretendente, deteve o cavalo e estendeu-lhe afetuosamente a mão. Um adorável sorriso acompanhou esse movimento. Não era bastante para dissipar as dúvidas do pobre moço. Diversa foi porém a impressão de Camilo.

"Ama-o, ou é uma grande velhaca", pensou ele.

Casualmente, — e pela primeira vez, — olhava Isabel para o filho do comendador. Perspicácia ou adivinhação, leu-lhe no rosto esse pensamento oculto; franziu levemente a testa com uma expressão tão viva de estranheza, que o médico ficou perplexo e não pôde deixar de acrescentar, já então com os lábios, à meia voz, falando para si:

— Ou fala com o diabo.

— Talvez, murmurou a moça com os olhos fitos no chão.

Isto foi dito assim, sem que os outros dois percebessem. Camilo não podia desviar os olhos da formosa Isabel, meio espantado, meio curioso, depois da palavra murmurada por ela em tão singulares condições. Soares olhava para Camilo com a mesma ternura com que um gavião espreita uma pomba. Isabel brincava com o chicotinho. D. Gertrudes, que temia perder a missa do padre Maciel e receber um reparo amigável do marido, deu voz de marcha, e a comitiva seguiu imediatamente.

CAPÍTULO IV
A Festa

No sábado seguinte a cidade revestira desusado aspecto. De toda a parte correra uma chusma de povo que ia assistir à festa anual do Espírito Santo.

Vão rareando os lugares em que de todo se não apagou o gosto dessas festas clássicas, resto de outras eras que os escritores do século futuro hão de estudar com curiosidade, para pintar aos seus contemporâneos um Brasil que eles já não hão de conhecer. No tempo em que esta história se passa, uma das mais genuínas festas do Espírito Santo era a da cidade de Santa Luzia.

O tenente-coronel Veiga, que era então o imperador do Divino, estava em uma casa que possuía na cidade. Na noite de sábado foi ali ter o bando dos pastores, composto de homens e mulheres com o seu pitoresco vestuário, e acompanhado pelo clássico *velho*, que era um sujeito de calção e meia, sapato raso, casaca esguia, colete comprido e grande bengala na mão.

Camilo estava em casa do coronel, quando ali apareceu o bando dos pastores, com alguns músicos à frente, e muita gente atrás. Formaram logo, ali mesmo na rua, um círculo; um pastor e uma pastora iniciaram a dança clássica. Dançaram, cantaram e tocaram todos, à porta e na sala do coronel, que estava literalmente a lamber-se de gosto. É ponto duvidoso, e provavelmente nunca será liquidado, se o tenente-coronel Veiga preferia naquela ocasião ser ministro de Estado a ser imperador do Espírito Santo.

E todavia aquilo era apenas uma mostra da grandeza do tenente-coronel. O sol de domingo devia alumiar maiores coisas. Parece que esta razão determinou o rei da luz a trazer nesse dia os seus melhores raios. O céu nunca se mostrara mais limpidamente azul. Algumas nuvens grossas, durante a noite, chegaram a emurchecer as esperanças dos festeiros; felizmente, sobre a madrugada soprara um vento rijo que varreu o céu e purificou a atmosfera.

A população correspondeu à solicitude da natureza. Logo cedo apareceu ela com os seus vestidos domingueiros, — jovial, risonha, palreira, — nada menos que feliz.

O ar atroava com foguetes; os sinos convidavam alegremente o povo à cerimônia religiosa.

Camilo passara a noite na cidade em casa do padre Maciel, e foi acordado, mais cedo do que supusera, com os repiques e fogueteada e mais demonstrações da cidade alegre. Em casa do pai continuara o moço seus hábitos de Paris, em que o comendador julgou não dever perturbá-lo. Acordava portanto às 11 horas da manhã, exceto aos domingos, em que ia à missa, para de todo em todo não ofender os hábitos da terra.

— Que diabo é isto, padre? gritou Camilo do quarto onde estava e no momento em que uma girândola lhe abria definitivamente os olhos.

— Que há de ser? respondeu o padre Maciel, metendo a cabeça pela porta: é a festa.

— Então a festa começa de noite?

— De noite? exclamou o padre. É dia claro.

Camilo não pôde conciliar o sono, e viu-se obrigado a levantar-se. Almoçou com o padre, contou duas anedotas, confessou ao hóspede que Paris era o ideal das cidades, e saiu para ir ter à casa do imperador do Divino. O padre saiu com ele. Em caminho viram de longe Leandro Soares.

— Não me dirá, padre, perguntou Camilo, por que razão a filha do dr. Matos não atende àquele pobre rapaz que gosta tanto dela?

Maciel consertou os óculos e expôs a seguinte reflexão:

— Você parece tolo.

— Não tanto, como lhe pareço, replicou o filho do comendador, porque mais de uma pessoa tem feito a mesma pergunta.

— Assim é, na verdade, disse o padre; mas há coisas que outros dizem e a gente não repete. A Isabelinha não gosta do Soares simplesmente porque não gosta.

— Não lhe parece que essa moça é um tanto esquisita?

— Não, disse o padre, parece-me uma grande finória.

— Ah! por quê?

— Suspeito que tem muita ambição; não aceita o amor de Soares, a ver se pilha algum casamento que lhe abra a porta das grandezas políticas.

— Ora, disse Camilo, levantando os ombros.

— Não acredita?

— Não.

— Pode ser que me engane; mas creio que é isto mesmo. Aqui cada qual dá uma explicação à isenção de Isabel; todas as explicações porém me parecem absurdas; a minha é a melhor.

Camilo fez algumas objeções à explicação do padre, e despediu-se dele para ir à casa do tenente-coronel.

O festivo imperador estava literalmente fora de si. Era a primeira vez que exercia cargo honorífico e timbrava em fazê-lo brilhantemente, e até melhor que os seus predecessores. Ao natural desejo de ficar por baixo, acrescia o elemento da inveja política. Alguns adversários seus diziam pela boca pequena que o brioso coronel não era capaz de dar conta da mão.

— Pois verão se sou capaz, foi o que ele disse ao ouvir de alguns amigos a malícia dos adversários.

Quando Camilo entrou na sala, acabava o tenente-coronel de explicar umas ordens relativas ao jantar que se devia seguir à festa, e ouvia algumas informações que lhe dava um irmão definidor acerca de uma cerimônia da sacristia.

— Não ouso falar-lhe, coronel, disse o filho do comendador, quando o Veiga ficou só com ele; não ouso interrompê-lo.

— Não interrompe, acudiu o imperador do divino; agora deve tudo estar acabado. O comendador vem?

— Já cá deve estar.

— Já viu a igreja?

— Ainda não.

— Está muito bonita. Não é por me gabar; creio que a festa não desmerecerá das outras, e até em algumas coisas há de ir melhor.

Era absolutamente impossível não concordar com esta opinião, quando aquele que a exprimia fazia assim o seu próprio louvor. Camilo encareceu ainda mais o mérito da festa. O coronel ouvia-o com um riso de satisfação íntima, e dispunha-se a provar que o seu jovem amigo ainda não apreciava bem a situação, quando este desviou a conversa, perguntando:

— Ainda não veio o dr. Matos?

— Já.

— Com a família?

— Sim, com a família.

Neste momento foram interrompidos pelo som de muitos foguetes e de uma música que se aproximava.

— São eles! disse Veiga; vêm buscar-me. Há de dar-me licença.

O coronel estava até então de calça preta e rodaque de brim. Correu a preparar-se com o traje e as insígnias do seu elevado cargo. Camilo chegou à janela para ver o cortejo. Não tardou que este aparecesse composto de uma banda de música da irmandade do Espírito Santo e dos pastores da véspera. Os irmãos vestiam as suas opas encarnadas, e vinham a passo grave, cercados do povo, que enchia a rua e se aglomerava à porta do tenente-coronel para vê-lo sair.

Quando o cortejo parou em frente a casa do tenente-coronel cessou a música de tocar e todos os olhos se voltaram curiosamente para as janelas. Mas o imperador estreante estava ainda por completar a sua edição, e os curiosos tiveram de contentar-se com a pessoa do dr. Camilo. Entretanto quatro ou seis irmãos mais graduados destacaram-se do grupo e subiram as escadas do tenente-coronel.

Minutos depois cumprimentava Camilo os ditos irmãos graduados, um dos quais, mais graduado que os outros, não o era só no cargo, mas também, e sobretudo, no tamanho. E a estatura do major Brás seria a coisa mais notável da sua pessoa, se lhe não pedisse meças a magreza do próprio major. A opa do major, apesar disto, ficava-lhe bem, porque nem ia até abaixo da curva da perna como a dos outros, nem lhe ficava na cintura, como devera, no caso de ter sido feita pela mesma medida. Era uma opa termo-médio. Ficava-lhe entre a cintura e a curva, e foi feita assim de propósito para conciliar os princípios da elegância com a estatura do major.

Todos os irmãos graduados estenderam a mão ao filho do comendador e perguntaram ansiosamente pelo tenente-coronel.

— Não tarda; foi vestir-se, respondeu Camilo.

— A igreja está cheia, disse um dos irmãos graduados; só se espera por ele.

— É justo esperar, opinou o major Brás.

— Apoiado, disse o coro dos irmãos.

— Demais, continuou o imenso oficial, temos tempo; e não vamos para longe.

Os outros irmãos apoiaram com o gesto esta opinião do major, que, ato contínuo, começou a dizer a Camilo os mil trabalhos que a festa lhes dera, a ele e aos cavalheiros que o acompanharam naquela ocasião, não menos que ao tenente-coronel.

— Como recompensa dos nossos débeis esforços (Camilo fez um sinal negativo a estas palavras do major Brás), temos consciência de que a coisa não saíra de todo mal.

Ainda estas palavras não tinham bem saído dos lábios do digno oficial, quando assomou à porta da sala o tenente-coronel em todo o esplendor da sua transformação.

Camilo perdera de todo as noções que tinha a respeito do traje e insígnias de um imperador do Espírito Santo. Não foi pois sem grande pasmo que viu assomar à porta da sala a figura do tenente-coronel.

Além da calça preta, que já tinha no corpo quando ali chegou Camilo, o tenente-coronel envergara uma casaca, que pela regularidade e elegância do corte podia rivalizar com as dos mais apurados membros do cassino Fluminense. Até aí tudo bem. Ao peito rutilava uma vasta comenda da Ordem da Rosa, que lhe não ficava mal. Mas o que excedeu a toda a expectação, o que pintou no rosto do nosso Camilo a mais completa expressão de assombro, foi uma brilhante e vistosa coroa de papelão forrado de papel dourado, que o tenente-coronel trazia na cabeça.

Camilo recuou um passo e cravou os olhos na insígnia imperial do tenente-coronel. Já lhe não lembrava aquele acessório indispensável em ocasiões semelhantes, e tendo vivido oito anos no meio de uma civilização diversa, não imaginava que ainda existissem costumes que ele julgava enterrados.

O tenente-coronel apertou a mão a todos os amigos e declarou que estava pronto a acompanhá-los.

— Não façamos esperar o povo, disse ele.

Imediatamente, desceram à rua. Houve no povo um movimento de curiosidade, quando viu aparecer à porta a opa encarnada de um dos irmãos que haviam subido. Logo atrás apareceu outra opa, e não tardou que as restantes opas aparecessem também flanqueando o vistoso imperador. A coroa dourada, apenas o sol lhe bateu de chapa, entrou a despedir faíscas quase inverossímeis. O tenente-coronel olhou a um lado e outro, fez algumas inclinações leves de cabeça a uma ou outra pessoa da multidão, e foi ocupar o seu lugar de honra no cortejo. A música rompeu logo uma marcha, que foi executada pelo tenente-coronel, a irmandade e os pastores, na direção da igreja.

Apenas da igreja avistaram o cortejo, o sineiro que já estava à espreita, pôs em obra as lições mais complicadas do seu ofício, enquanto uma girândola, entremeada de alguns foguetes soltos, anunciava às nuvens do céu que o imperador do Divino era chegado. Na igreja houve um rebuliço geral apenas se anunciou que era chegado o imperador. Um mestre de cerimônias ativo e desempenhado ia abrindo alas, com grande dificuldade, porque o povo, ansioso por ver a figura do tenente-coronel, aglomerava-se desordenadamente e desfazia a obra do mestre de cerimônias. Afinal aconteceu o que sempre acontece nessas ocasiões; as alas foram-se abrindo por si mesmas, e ainda que com algum custo, o tenente-coronel atravessou a multidão, precedido e acompanhado pela irmandade, até chegar ao trono que se levantava ao lado do altar-mor. Subiu com firmeza os degraus do trono, e sentou-se nele, tão orgulhoso como se governasse dali todos os impérios juntos do mundo.

Quando Camilo chegou à igreja, já a festa havia começado. Achou um lugar sofrível, ou antes inteiramente bom, porque ali podia dominar um grande grupo de senhoras, entre as quais descobriu a formosa Isabel.

Camilo estava ansioso por falar outra vez a Isabel. O encontro na estrada e a singular perspicácia de que a moça dera prova nessa ocasião não lhe haviam saído da cabeça. A moça pareceu não dar por ele; mas Camilo era tão versado em tratar com o belo sexo, que não lhe foi difícil perceber que ela o tinha visto e intencionalmente não voltava os olhos para o lado dele. Esta circunstância, ligada aos incidentes do domingo anterior, fez-lhe nascer no espírito a seguinte pergunta:

— Mas que tem ela contra mim?

A festa prosseguiu sem novidade. Camilo não tirava os olhos de sua bela charada, nome que já lhe dava, mas a charada parecia refratária a todo o sentimento de curiosidade. Uma vez porém, quase no fim, encontraram-se os olhos de ambos. Pede a verdade que se diga que o rapaz surpreendeu a moça a olhar para ele. Cumprimentou-a; foi correspondido; nada mais. Acabada a festa foi a irmandade levar o tenente-coronel até a casa. No meio da lufa-lufa da saída, Camilo, que estava embebido a olhar para Isabel, ouviu uma voz desconhecida que lhe dizia no ouvido:

— Veja o que faz!

Camilo voltou-se e deu com um homem baixinho e magro, de olhos miúdos e vivos, pobre mas asseadamente trajado. Encararam-se alguns segundos sem dizer palavra. Camilo não conhecia aquela cara e não se atrevia a pedir explicação das palavras que ouvira, conquanto ardesse por saber o resto.

— Há um mistério, continuou o desconhecido. Quer descobri-lo?

Houve algum tempo de silêncio.

— O lugar não é próprio, disse Camilo; mas se tem alguma coisa que me dizer...

— Não; descubra o senhor mesmo.

E dizendo isto desapareceu no meio do povo o homem baixinho e magro, de olhos vivos e miúdos. Camilo acotovelou umas dez ou doze pessoas, pisou uns quinze ou vinte calos, pediu outras tantas vezes perdão da sua imprudência, até que se achou na rua sem ver nada que se parecesse com o desconhecido.

— Um romance! disse ele; estou em pleno romance.

Nisto saíam da igreja Isabel, d. Gertrudes e o dr. Matos. Camilo aproximou-se do grupo e cumprimentou-os. Matos deu braço a d. Gertrudes; Camilo ofereceu timidamente o seu a Isabel. A moça hesitou; mas não era possível recusar. Passou o braço no do jovem médico e o grupo dirigiu-se para a casa onde o tenente-coronel já estava e mais algumas pessoas importantes da localidade. No meio do povo havia um homem que também se dirigia para a casa do coronel e que não tirava os olhos de Camilo e de Isabel. Esse homem mordia o lábio até fazer sangue. Será preciso dizer que era Leandro Soares?

CAPÍTULO V
Paixão

A distância da igreja à casa era pequena; e a conversa entre Isabel e Camilo não foi longa nem seguida. E todavia, leitor, se alguma simpatia te merece a princesa moscovita, deves sinceramente lastimá-la. A aurora de um novo sentimento começava a dourar as cumeadas do coração de Camilo; ao subir as escadas, confessava o filho do comendador de si para si, que a interessante patrícia tinha qualidades superiores às da bela princesa russa. Hora e meia depois, isto é, quase no fim do jantar, o coração de Camilo confirmava plenamente esta descoberta do seu investigador espírito.

A conversa, entretanto, não passou de coisas totalmente indiferentes; mas Isabel falava com tanta doçura e graça, posto não alterasse nunca a sua habitual reserva; os olhos eram tão bonitos de ver ao perto, e os cabelos também, e a boca igualmente, e as mãos do mesmo modo, que o nosso ardente mancebo, só mudando de natureza, poderia resistir ao influxo de tantas graças juntas.

O jantar correu sem novidade apreciável. Reuniram-se à mesa do tenente-coronel todas as notabilidades do lugar, o vigário, o juiz municipal, o negociante, o fazendeiro, reinando sempre de uma ponta à outra da mesa a maior cordialidade e harmonia. O imperador do Divino, já então restituído ao seu vestuário comum fazia as honras da mesa com verdadeiro entusiasmo. A festa era objetivo da geral conversa, entremeada, é verdade, de reflexões políticas, em que todos estavam de acordo, porque eram do mesmo partido, homens e senhoras.

O major Brás tinha por costume fazer um ou dois brindes longos e eloquentes em cada jantar de certa ordem a que assistisse. A facilidade com que ele se exprimia não tinha rival em toda a província. Além disso, como era dotado de descomunal estatura, dominava de tal modo o auditório, que o simples levantar-se era já meio triunfo.

Não podia o major Brás deixar incólume o jantar do tenente-coronel; ia-se entrar na sobremesa quando o eloquente major pediu licença para dizer algumas palavras singelas e toscas. Um murmúrio equivalente aos *não-apoiados* das câmaras, acolheu esta declaração do orador, e o auditório preparou o ouvido para receber as pérolas que lhe iam cair da boca.

— O ilustre auditório que me escuta, disse ele, desculpará a minha ousadia; não vos fala o talento, senhores, fala-vos o coração. Meu brinde é curto; para celebrar as virtudes e a capacidade do ilustre tenente-coronel Veiga não é preciso fazer um longo discurso. Seu nome diz tudo; a minha voz nada adiantaria...

O auditório revelou por sinais que aplaudia sem restrições o primeiro membro desta última frase, e com restrições o segundo; isto é, cumprimentou o tenente-coronel e o major; e o orador que, para ser coerente com o que acabava de dizer, devia limitar-se a esvaziar o copo, prosseguiu da seguinte maneira:

— O imenso acontecimento que acabamos de presenciar, senhores, creio que nunca se apagará da vossa memória. Muitas festas do Espírito Santo têm havido nesta cidade e em outras; mas nunca o povo teve o júbilo de contemplar um esplendor, uma animação, um triunfo igual ao que nos proporcionou o nosso ilustre correligionário e amigo, o tenente-coronel Veiga, honra da classe a que pertence, e a glória do partido a que se filiou...

— E no qual pretendo morrer, completou o tenente-coronel.

— Nem outra coisa era de esperar de V. Ex.ª, disse o orador mudando de voz para dar a estas palavras um tom de parênteses.

Apesar da declaração feita no princípio, de que era inútil acrescentar nada aos méritos do tenente-coronel, o intrépido orador falou cerca de vinte e cinco minutos com grande mágoa do padre Maciel, que namorava de longe um fofo e trêmulo pudim de pão, e do juiz municipal que estava ansioso por ir fumar. A peroração desse memorável discurso foi pouco mais ou menos assim:

— Eu falaria, portanto, aos meus deveres de amigo, de correligionário, de subordinado e de admirador, se não levantasse a voz nesta ocasião, e não vos dissesse em linguagem tosca, sim (*sinais de desaprovação*), mas sincera, os sentimentos que me tumultuam dentro do peito, o entusiasmo de que me sinto possuído, quando contemplo o venerando e ilustre tenente-coronel Veiga, e se vos não convidasse a beber comigo à saúde de S. Ex.ª.

O auditório acompanhou com entusiasmo o brinde do major, ao qual respondeu o tenente-coronel com estas poucas, mas sentidas palavras:

— Os elogios que me acha de fazer o distinto major Brás, são verdadeiros favores de uma alma grande e generosa; não os mereço, senhores; devolvo-os intactos ao ilustre orador que me precedeu.

No meio da festa e da alegria que reinava, ninguém reparou nas atenções que Camilo prestava à bela filha do dr. Matos. Ninguém, digo mal; Leandro Soares, que fora convidado ao jantar, e assistira a ele, não tirava os olhos do elegante rival e da sua formosa e esquiva dama.

Há de parecer milagre ao leitor a indiferença e até o ar alegre com que Soares via os ataques do adversário. Não é milagre; Soares também interrogava o olhar de Isabel e lia nele a indiferença; talvez o desdém, com que tratava o filho do comendador.

"Nem eu, nem ele", dizia consigo o pretendente.

Camilo estava apaixonado; no dia seguinte amanheceu pior; cada dia que passava aumentava a chama que o consumia. Paris e a princesa, tudo havia desaparecido do coração e da memória do rapaz. Um só ente, um lugar único mereciam agora as suas atenções: Isabel e Goiás.

A esquivança e os desdéns da moça não contribuíram pouco para esta transformação. Fazendo de si próprio melhor ideia que do rival, Camilo dizia consigo:

"Se ela não me dá atenção, muito menos deve importar-se com o filho de Soares. Mas por que razão se mostra comigo tão esquiva? Que motivo há para que eu seja derrotado como qualquer pretendente vulgar?"

Nessas ocasiões lembrava-se do desconhecido que lhe falara na igreja e das palavras que lhe dissera.

— Algum mistério haverá, dizia ele; mas como descobri-lo?

Indagou das pessoas da cidade quem era o sujeito baixo, de olhos miúdos e vivos. Ninguém lho soube dizer. Parecia incrível que não chegasse a descobrir naquelas paragens um homem que naturalmente alguém devia conhecer; recobrou de esforços; ninguém sabia quem era o misterioso sujeito.

Entretanto Camilo frequentava a fazenda do dr. Matos e ali ia jantar algumas vezes. Era difícil falar a Isabel com a liberdade que permitem mais adiantados costumes; fazia entretanto o que lhe podia para comunicar à bela moça os seus sentimentos. Isabel parecia cada vez mais estranha às comunicações do rapaz. Suas maneiras não eram positivamente desdenhosas, mas frias; dissera-se que ali dentro morava um coração de neve.

Ao amor desprezado, veio juntar-se o orgulho ofendido, o despeito e a vergonha, e tudo isto, junto a uma epidemia que então reinava na comarca, deu com o nosso Camilo na cama, onde por agora deixaremos, entregue aos médicos seus colegas.

CAPÍTULO VI
Revelação

Não há muitos mistérios para um autor que sabe investigar todos os recantos do coração. Enquanto o povo de Santa Luzia faz mil conjeturas a respeito da causa verdadeira da isenção que até agora tem mostrado a formosa Isabel, estou habilitado para dizer ao leitor impaciente que ela ama.

— E a quem ama? pergunta vivamente o leitor.

Ama... uma parasita. Uma parasita? É verdade, uma parasita. Deve ser então uma flor muito linda, — um milagre de frescura e de aroma. Não, senhor, é uma parasita muito feia, um cadáver de flor, seco, mirrado, uma flor que devia ter sido lindíssima há muito tempo, no pé, mas que hoje na cestinha em que ela a traz, nenhum sentimento inspira, a não ser de curiosidade. Sim, porque é realmente curioso que uma moça de vinte anos, em toda a força das paixões, pareça indiferente aos homens que a cercam, e concentre todos os seus afetos nos restos descorados e secos de uma flor.

Ah! mas aquela flor foi colhida em circunstâncias especiais. Dera-se o caso alguns anos antes. Um moço da localidade gostava então muito de Isabel, porque era uma criança engraçada, e costumava chamá-la sua mulher, gracejo inocente que o tempo não sancionou. Isabel também gostava do rapaz, a ponto de fazer nascer no espírito do pai da moça a seguinte ideia:

— Se daqui a alguns anos as coisas não mudarem por parte dela, e se ele vier a gostar seriamente da pequena, creio que os posso casar.

Isabel ignorava completamente esta ideia do pai; mas continuava a gostar do moço, o qual continuava a achá-la uma criança interessantíssima.

Um dia viu Isabel uma linda parasita azul, entre os galhos de uma árvore.

— Que bonita flor! disse ela.

— Aposto que você a quer?

— Queria sim... disse a menina que, mesmo sem aprender, conhecia já esse falar oblíquo e disfarçado.

O moço despiu o paletó com a sem-cerimônia de quem trata com uma criança e trepou pela árvore acima. Isabel ficou embaixo ofegante e ansiosa pelo resultado. Não tardou que o complacente moço deitasse a mão à flor e delicadamente a colhesse.

— Apanhe! disse ele de cima.

Isabel aproximou-se da árvore e recolheu a flor no regaço. Contente por ter satisfeito o desejo da menina, tratou o rapaz de descer, mas tão desastrosamente o fez, que no fim de dois minutos jazia no chão aos pés de Isabel. A menina deu um grito de angústia e pediu socorro; o rapaz procurou tranquilizá-la dizendo que nada era, e tentando levantar-se alegremente. Levantou-se com efeito, com a camisa salpicada de sangue; tinha ferido a cabeça.

A ferida foi declarada leve; dentro de poucos dias estava o valente moço completamente restabelecido.

A impressão que Isabel recebeu naquela ocasião foi profunda. Gostava até então do rapaz; daí em diante passou a adorá-lo. A flor que ele lhe colhera veio naturalmente a secar; Isabel guardou-a como se fora uma relíquia; beijava-a todos os dias; e de certo tempo em diante até chorava sobre ela. Uma espécie de culto supersticioso prendia o coração da moça àquela mirrada parasita.

Não era ela porém tão mau coração que não ficasse vivamente impressionada quando soube da doença de Camilo. Fez indagar com assiduidade do estado do moço, e cinco dias depois foi com o pai visitá-lo à fazenda do comendador.

A simples visita da moça, se não curou o doente, deu em resultado consolá-lo e animá-lo; viçaram-lhe algumas esperanças, que já estavam mais secas e mirradas que a parasita cuja história acima narrei.

"Quem sabe se me não amará agora?" pensou ele.

Apenas ficou restabelecido foi seu primeiro cuidado ir à fazenda do dr. Matos; o comendador quis acompanhá-lo. Não o acharam em casa; estavam apenas a irmã e a filha. A irmã era uma pobre velha, que além desse achaque, tinha mais dois: era surda e gostava de política. A ocasião era boa; enquanto a tia de Isabel confiscava a pessoa e a atenção do comendador, Camilo teve tempo de dar um golpe decisivo, dirigindo à moça estas palavras:

— Agradeço-lhe a bondade que mostrou a meu respeito durante a minha moléstia. Essa mesma bondade anima-me a pedir-lhe uma coisa mais...

Isabel franziu a testa.

— Reviveu-me uma esperança há dias, continuou Camilo, esperança que já estava morta. Será ilusão minha? Uma sua palavra, um gesto seu resolverá esta dúvida.

Isabel ergueu os ombros.

— Não compreendo, disse ela.

— Compreende, disse Camilo em tom amargo. Mas eu serei mais franco, se o existe. Amo-a; disse-lho mil vezes; não fui atendido. Agora porém...

Camilo concluiria de boa vontade este pequeno discurso, se tivesse diante de si a pessoa que ele desejava o ouvisse. Isabel, porém, não lhe deu tempo de chegar ao fim. Sem dizer palavra, sem fazer um gesto, atravessou a extensa varanda e foi sentar-se na outra extremidade onde a velha tia punha à prova os excelentes pulmões do comendador.

O desapontamento de Camilo estava além de toda a descrição. Pretextando um calor que não existia saiu para tomar ar, e ora vagaroso, ora apressado, triunfava nele a irritação ou o desânimo, o mísero pretendente deixou-se ir sem destino. Construiu mil planos de vingança, ideou mil maneiras de ir lançar-se aos pés da moça, rememorou todos os fatos que se haviam dado com ela, e ao cabo de uma longa hora chegou à triste conclusão de que tudo estava perdido. Nesse momento deu acordo de si: estava ao pé de um riacho que atravessava a fazenda do dr. Matos. O lugar era agreste e singularmente feito para a situação em que ele se achava. A uns duzentos passos viu uma cabana, onde pareceu que alguém entoava uma cantiga do sertão.

Importuna coisa é a felicidade alheia quando somos vítima de algum infortúnio. Camilo sentiu-se ainda mais irritado, e ingenuamente perguntou a si mesmo se alguém podia ser feliz estando ele com o coração a sangrar de desespero. Daí a nada aparecia à porta da cabana um homem e saía na direção do riacho. Camilo estremeceu; pareceu-lhe reconhecer o misterioso que lhe falara no dia do Espírito Santo. Era a mesma estatura e o mesmo ar; aproximou-se rapidamente e parou a cinco passos de distância. O homem voltou o rosto: era ele!

Camilo correu ao desconhecido.

— Enfim! disse ele.

O desconhecido sorriu-se complacentemente e apertou a mão que Camilo lhe oferecia.

— Quer descansar? perguntou-lhe.

— Não, respondeu o médico. Aqui mesmo, ou mais longe se lhe apraz, mas desde já, por favor, desejo que me explique as palavras que me disse outro dia na igreja.

Novo sorriso do desconhecido.

— Então? disse Camilo vendo que o homem não respondia.

— Antes de mais nada, diga-me: gosta deveras da moça?

— Oh! muito!

— Jura que a faria feliz?

— Juro!

— Então ouça. O que vou contar a V.S.ª é verdade, porque o soube por minha mulher que foi mucama de d. Isabel. É aquela que ali está.

Camilo olhou para a porta da cabana e viu uma mulatinha alta e elegante, que olhava para ele com curiosidade.

— Agora, continuou o desconhecido, afastemo-nos um pouco; para que ela nos não ouça, porque eu não desejo que venha a saber-se de quem V.S.ª ouviu esta história.

— Afastaram-se com efeito costeando o riacho. O desconhecido narrou então a Camilo toda a história da parasita, e o culto que até então a moça votava à flor seca. Um leitor menos sagaz imagina que o namorado ouviu esta narração triste e abatido. Mas o leitor que souber ler adivinha logo que a confidência do desconhecido despertou na alma de Camilo os mais incríveis sobressaltos de alegria.

— Aqui está o que há, disse o desconhecido ao concluir, creio que V.S.ª com isto pode saber em que terreno pisa.

— Oh! sim! sim! disse Camilo. Sou amado! sou amado!

Sabedor daquela novidade ardia o médico por voltar a casa, donde saíra havia tanto tempo. Meteu a mão na algibeira, abriu a carteira e torou uma nota de vinte mil-réis.

— O serviço que me acaba de prestar é imenso, disse ele; não tem preço. Isto porém é apenas uma lembrança...

Dizendo estas palavras, estendeu-lhe a nota. O desconhecido riu-se desdenhosamente sem responder palavra. Depois, estendeu a mão à nota que Camilo lhe oferecia, e, com grande pasmo deste atirou-a ao riacho. O fio d'água que ia murmurando e saltando por cima das pedras, levou consigo o bilhete, de envolta com uma folha que o vento lhe levara também.

— Deste modo, disse o desconhecido, nem o senhor fica devendo um obséquio, nem eu recebo a paga dele. Não pense que tive tenção de servir a V.S.ª; não. Meu desejo é fazer feliz a filha do meu benfeitor. Sabia que ela gostava de um moço, e que esse moço era capaz de a fazer feliz; abri caminho para que ele chegue até onde ela está. Isto não se paga; agradece-se apenas.

Acabando de dizer estas palavras, o desconhecido voltou as costas ao médico, e dirigiu-se para a cabana. Camilo acompanhou com os olhos naquele homem rústico. Pouco tempo depois estava em casa de Isabel, onde já era esperado com alguma ansiedade. Isabel viu-o entrar alegre e radiante.

— Sei tudo, disse-lhe Camilo pouco antes de sair.

A moça olhou espantada antes de sair.

— Tudo? repetiu ela.

— Sei que me ama, sei que esse amor nasceu há longos anos, quando era criança, e que ainda hoje...

Foi interrompido pelo comendador que se aproximava. Isabel estava pálida e confusa; estimou a interrupção, porque não saberia que responder.

No dia seguinte escreveu-lhe Camilo uma extensa carta apaixonada, invocando o amor que ela conservara no coração, e pedindo-lhe que o fizesse feliz. Dois dias esperou Camilo a resposta da moça. Veio no terceiro dia. Era breve e seca. Confessava que o amara durante aquele longo tempo, e jurava não amar nunca a outro.

"Apenas isso, concluía Isabel. Quanto a ser sua esposa, nunca. Eu quisera entregar a minha vida a quem tivesse um amor igual ao meu. O seu amor é de ontem; o meu é de nove anos; a diferença de idade é grande demais; não pode ser bom consórcio. Esqueça-me e adeus."

Dizer que esta carta não fez mais do que aumentar o amor de Camilo, é escrever no papel aquilo que o leitor já adivinhou. O coração de Camilo só esperava uma confissão escrita da moça para transpor o limite que o separava da loucura. A carta transtornou-o completamente.

CAPÍTULO VII
Precipitam-se os Acontecimentos

O comendador não perdera a ideia de meter o filho na política. Justamente nesse ano havia eleição; o comendador escreveu às principais influências da província para que o rapaz entrasse na respectiva assembleia.

Camilo teve notícia desta premeditação do pai; limitou-se a erguer os ombros, resolvido a não aceitar nenhuma que não fosse a mão de Isabel. Em vão o pai, o padre Maciel, o tenente-coronel lhe mostravam um futuro esplêndido e todo semeado de altas posições. Uma só posição o contentava: casar com a moça.

Não era fácil, decerto: a resolução de Isabel parecia inabalável.

"Ama-me, porém, dizia o rapaz consigo; é meio caminho andado."

E como o seu amor era mais recente que o dela, compreendeu Camilo que o meio de ganhar a diferença de idade, era mostrar que o tinha mais violento e capaz de maiores sacrifícios.

Não poupou manifestações de toda a sorte. Chuvas e temporais arrostou para ir vê-la todos os dias; fez-se escravo de seus menores desejos. Se Isabel tivesse a curiosidade infantil de ver na mão a estrela d'alva, é muito provável que ele achasse meio de lha trazer.

Ao mesmo tempo, cessara de a importunar com epístolas ou palavras amorosas. A última que disse foi:

— Esperarei!

Nesta esperança andou ele muitas semanas, sem que a sua situação melhorasse sensivelmente.

Alguma leitora menos exigente há de achar singular a resolução de Isabel, ainda depois de saber que era amada. Também eu penso assim; mas não quero alterar o caráter da heroína, porque ela era tal qual a apresento nestas páginas. Entendia que ser amada casualmente, pela única razão de ter o moço voltado de Paris, enquanto ela gastara largos anos a lembrar-se dele e a viver unicamente da recordação, entendia, digo eu, que isto a humilhava, e porque era imensamente orgulhosa, resolvera não casar com ele nem com outro. Será absurdo; mas era assim.

Fatigado de assediar inutilmente o coração da moça, e por outro lado, convencido de que era necessário mostrar uma dessas paixões invencíveis a ver se a convencia e lhe quebrava a resolução, planeou Camilo um grande golpe.

Um dia de manhã desapareceu da fazenda. A princípio ninguém se abalou com a ausência porque ele costumava dar longos passeios, quando porventura acordava mais cedo. A coisa porém começou a assustar à proporção que o tempo ia passando. Saíram emissários para todas as partes, e voltaram sem dar novas do rapaz.

O pai estava aterrado; a notícia do acontecimento correu por toda a parte em dez léguas ao redor. No fim de cinco dias de infrutíferas pesquisas soube-se que um moço, com todos os sinais de Camilo, fora visto a meia légua da cidade, a cavalo. Ia só e triste. Um tropeiro asseverou depois ter visto um moço junto de uma ribanceira, parecendo sondar com o olhar que probabilidade de morte lhe traria uma queda.

O comendador entrou a oferecer grossas quantias a quem lhe desse notícia segura do filho. Todos os seus amigos despacharam gente a investigar as matas e os campos, e nesta inútil labutação correu uma semana.

Será necessário dizer a dor que sofreu a formosa Isabel quando lhe foram dar notícia do desaparecimento de Camilo? A primeira impressão foi aparentemente nenhuma; o rosto não revelou a tempestade que imediatamente rebentara no coração. Dez minutos depois da tempestade subiu aos olhos e transbordou num verdadeiro mar de lágrimas.

Foi então que o pai teve conhecimento da paixão tão longo tempo incubada. Ao ver aquela explosão não duvidou que o amor da filha pudesse vir a ser-lhe funesto. Sua primeira ideia foi que o rapaz desaparecera para fugir a um enlace indispensável. Isabel tranquilizou-o dizendo que, pelo contrário, era ela quem se negara a aceitar o amor de Camilo.

— Fui eu que o matei! exclamava a pobre moça.

O bom velho não compreendeu muito como é que uma moça apaixonada por um mancebo, e um mancebo apaixonado por uma moça, em vez de caminharem para o casamento, tratassem de se separar um do outro. Lembrou-se que o seu procedimento fora justamente o contrário, logo que travou o primeiro namoro.

No fim de uma semana foi o dr. Matos procurado na sua fazenda pelo nosso já conhecido morador da cabana, que ali chegou ofegante e alegre.

— Está salvo! disse ele.

— Salvo! exclamou o pai e a filha.

— É verdade, disse Miguel (era o nome do homem); fui encontrá-lo no fundo de uma ribanceira, quase sem vida, ontem de tarde.

— E por que não vieste dizer-nos?... perguntou o velho.

— Porque era preciso cuidar dele em primeiro lugar. Quando voltou a si quis ir outra vez tentar contra os seus dias; eu e minha mulher impedimo-lo de fazer tal. Está ainda um pouco fraco; por isso não veio comigo.

O rosto de Isabel estava radiante. Algumas lágrimas, poucas e silenciosas, ainda lhe correram dos olhos; mas eram já de alegria e não de mágoa.

Miguel saiu com a promessa de que o velho iria lá buscar o filho do comendador.

— Agora, Isabel, disse o pai apenas ficou só com ela, que pretendes fazer?

— O que me ordenar, meu pai!

— Eu só ordenarei o que te disser o coração. Que te diz ele?

— Diz...

— O quê?

— Que sim.

— É o que devia ter dito há muito tempo, porque...

O velho estacou.

— Mas se a causa deste suicídio for outra? pensou ele. Indagarei tudo.

Comunicada a notícia ao comendador, não tardou que este se apresentasse em casa do dr. Matos, onde pouco depois chegou Camilo. O mísero rapaz trazia escrita no rosto a dor de haver escapado à morte trágica que procurara; pelo menos, assim o disse muitas vezes em caminho, ao pai de Isabel.

— Mas a causa dessa resolução? perguntou-lhe o doutor.

— A causa... balbuciou Camilo que espreitava a pergunta; não ouso confessá-la...

— É vergonhosa? perguntou o velho com um sorriso benévolo.

— Oh! não!...

— Mas que causa é?

— Perdoa-me, se eu lha disser?

— Por que não?

— Não, não ouso... disse resolutamente Camilo.

— É inútil, porque eu já sei.

— Ah!

— E perdoo a causa, mas não lhe perdoo a resolução; o senhor fez uma coisa de criança.

— Mas ela despreza-me!

— Não... ama-o!

Camilo fez aqui um gesto de surpresa perfeitamente imitado, e acompanhou o velho até a casa, onde encontrou o pai, que não sabia se devia mostrar-se severo ou satisfeito.

Camilo compreendeu logo ao entrar o efeito que o seu desastre causara no coração de Isabel.

— Ora pois! disse o pai da moça. Agora que ressuscitamos é preciso prendê-lo à vida com uma cadeia forte.

E sem esperar a formalidade do costume nem atender às etiquetas normais da sociedade, o pai de Isabel deu ao comendador a novidade de que era indispensável casar os filhos.

O comendador ainda não voltara a si da surpresa de ter encontrado o filho, quando ouviu esta notícia; e se toda a tribo dos Xavantes viesse cair em cima dele armada de arco e flecha não sentiria espanto maior. Olhou alternadamente para todos os circunstantes como se lhes pedisse a razão de um fato aliás mui natural. Afinal explicaram-lhe a paixão de Camilo e Isabel, causa única do suicídio meio executado pelo filho. O comendador aprovou a escolha do rapaz e levou a sua galanteria a dizer que no caso dele teria feito o mesmo, se não contasse com a vontade da moça.

— Serei enfim digno do seu amor? perguntou o médico a Isabel quando se achou só com ela.

— Oh! sim!... disse ela. Se morresse, eu morreria também!

Camilo apressou-se a dizer que a Providência velara por ele; e não soube nunca o que é que ele chamava Providência.

Não tardou que o desenlace do episódio trágico fosse publicado na cidade e seus arredores.

Apenas Leandro Soares soube do casamento projetado entre Isabel e Camilo ficou literalmente fora de si. Mil projetos lhe acudiram à mente, cada qual mais sanguinário; em sua opinião eram dois pérfidos que o haviam traído; cumpria tirar uma solene desforra de ambos.

Nenhum déspota sonhou nunca mais terríveis suplícios do que os que Leandro Soares engendrou na sua escaldada imaginação. Dois dias e duas noites passou o pobre namorado em conjecturas estéreis. No terceiro dia resolveu ir simplesmente procurar o venturoso rival, lançar-lhe em rosto a sua vilania e assassiná-lo depois.

Muniu-se de uma faca e partiu.

Saía da fazenda o feliz noivo, descuidado da sorte que o esperava. Sua imaginação ideava uma vida cheia de bem-aventurança e deleites celestes; a imagem da moça dava a tudo o que o rodeava uma cor poética. Ia todo engolfado nestes devaneios quando viu em frente de si o preterido rival. Esquecera-se dele no meio da sua felicidade; compreendeu o perigo e preparou-se para ele.

Leandro Soares, fiel ao programa que se havia imposto, desfiou um rosário de impropérios que o médico ouviu calado. Quando Soares acabou e ia dar à prática o ponto final sanguinolento, Camilo respondeu:

— Atendi a tudo o que me disse; peço-lhe agora que me ouça. É verdade que vou casar com essa moça; mas também é verdade que ela não o ama. Qual é o nosso crime neste caso? Ora, ao passo que o senhor nutre a meu respeito sentimentos de ódio, eu pensava na sua felicidade.

— Ah! disse Soares com ironia.

— É verdade. Disse comigo que um homem das suas aptidões não devia estar eternamente dedicado a servir de degrau aos outros; e então, como meu pai quer à força fazer-me deputado provincial, disse-lhe que aceitava o lugar para o dar ao senhor. Meu pai concordou; mas eu tive de vencer resistências políticas e ainda agora trato de quebrar algumas. Um homem que assim procede creio que lhe merece alguma estima, — pelo menos não lhe merece tanto ódio.

Não creio que a língua humana possua palavras assaz enérgicas para pintar a indignação que se manifestou no rosto de Leandro Soares. O sangue subiu-lhe todo às faces, enquanto os olhos pareciam despedir chispas de fogo. Os lábios trêmulos como que ensaiavam baixinho uma impressão eloquente contra o feliz rival. Enfim, o pretendente infeliz rompeu nestes termos:

— A ação que o senhor praticou era já bastante infame; não precisava juntar-lhe o escárnio...

— O escárnio! interrompeu Camilo.

— Que outro nome darei eu ao que me acaba de dizer? Grande estima, na verdade, é a sua de me roubar a maior, a única felicidade que eu podia ter, vem oferecer-me uma compensação política!

Camilo conseguiu explicar que não lhe oferecia nenhuma compensação; pensara naquilo por conhecer as tendências políticas de Soares e julgar que deste modo lhe seria agradável.

— Ao mesmo tempo, concluiu gravemente o noivo, fui levado pela ideia de prestar um serviço à província. Creia que nenhum caso, ainda que me devesse custar a vida, proporia coisa desvantajosa à província e ao país. Eu cuidava servir a ambos apresentando a sua candidatura, e pode crer que a minha opinião será a de todos.

— Mas o senhor falou de resistências... disse Soares cravando no adversário um olhar inquisitorial.

— Resistências, não por oposição pessoal, mas por conveniências políticas, explicou Camilo. Que vale isso? Tudo se desfaz com a razão e os verdadeiros princípios do partido que tem a honra de o possuir entre seus membros.

Leandro Soares não tirava os olhos de Camilo; nos lábios pairava-lhe agora um sorriso irônico e cheio de ameaças. Contemplou-o ainda alguns instantes sem dizer palavra, até que de novo rompeu o silêncio.

— Que faria o senhor no meu caso? perguntou ele dando ao seu irônico sorriso um ar verdadeiramente lúgubre.

— Eu recusava, respondeu afoitamente Camilo.

— Ah!

— Sim, recusava, porque não tenho vocação política. Não acontece com o senhor, que a tem, e é por assim dizer o apoio do partido em toda a comarca.

— Tenho essa convicção, disse Soares com orgulho.

— Não é o único: todos lhe fazem justiça.

Soares entrou a passear de uma lado para outro. Esvoaçavam-lhe na mente terríveis inspirações, ou a humanidade reclamava alguma moderação no gênero de morte que daria ao rival? Decorreram cinco minutos. Ao cabo deles, Soares parou em frente de Camilo e *ex abrupto* lhe perguntou:

— Jura-me uma coisa?

— O quê?

— Que a fará feliz?

— Já jurei a mim mesmo; é o meu mais doce dever.

— Seria meu esse dever se a sorte se não houvesse pronunciado contra mim; não importa; estou disposto a tudo.

— Creia que eu sei avaliar o seu grande coração, disse Camilo, estendendo-lhe a mão.

— Talvez. O que não sabe, o que não conhece, é a tempestade que fica na alma, a dor imensa que me há de acompanhar até à morte. Amores destes vão até à sepultura.

Parou sacudiu a cabeça, como para expelir uma ideia sinistra.

— Que pensamento é o seu? perguntou Camilo vendo o gesto de Soares.

— Descanse, respondeu este; não tenho projeto nenhum. Resignar-me-ei à sorte; e se aceito essa candidatura política que me oferece é unicamente para afogar nela a dor que me abafa o coração.

Não sei se este remédio eleitoral servirá para todos os casos de doença amorosa. No coração de Soares produziu uma crise salutar, que se resolveu em favor do doente.

Os leitores adivinham bem que Camilo nada havia dito em favor de Soares; mas empenhou-se logo nesse sentido, e o pai com ele, e afinal conseguiu-se que Leandro Soares fosse incluído numa chapa e apresentado aos eleitores na próxima campanha. Os adversários do rapaz, sabedores das circunstâncias em que lhe foi oferecida a candidatura, não deixaram de dizer em todos os tons, que ele vendera o direito de primogenitura por um prato de lentilhas.

Havia já um ano que o filho do comendador estava casado, quando apareceu na sua fazenda um viajante francês. Levava cartas de recomendação de um dos seus professores de Paris. Camilo recebeu-o alegremente e pediu-lhe notícias da França, que ele ain-da amava, dizia, como a sua pátria intelectual. O viajante disse-lhe muitas coisas, e sacou por fim da mala um maço de jornais.

Era o *Figaro*.

— O *Figaro*! exclamou Camilo, laçando-se aos jornais.

Eram atrasados mas eram parisienses. Lembravam-lhe a vida que ele tivera durante longos anos, e posto nenhum desejo sentis-se de trocar por ela a vida atual, havia sempre uma natural curio-sidade em despertar recordações de outro tempo.

No quarto ou quinto número que abriu deparou-se-lhe uma no-tícia que ele leu com espanto.

Dizia assim:

"Uma célebre Leontina Caveau, que se dizia viúva de um tal príncipe Alexis, súdito do tzar, foi ontem recolhida à prisão. A bela dama (era bela!) não contente de iludir alguns moços incau-tos, alapardou-se com todas as joias de uma sua vizinha, Mlle. B... A roubada queixou-se a tempo de impedir a fuga da preten-dida princesa."

Camilo acabava de ler pela quarta vez esta notícia, quando Isabel entrou na sala.

— Estás com saudades de Paris? perguntou ela vendo-o tão aten-to a ler o jornal francês.

— Não disse o marido, passando-lhe o braço à roda da cintura; estava com saudades de ti.

09

VERBA TESTAMENTÁRIA
1882

— DO LIVRO *PAPEIS AVULSOS*, 1882 —

"... Item, é minha última vontade que o caixão em que o meu corpo houver de ser enterrado, seja fabricado em casa de Joaquim Soares, à Rua da Alfândega. Desejo que ele tenha conhecimento desta disposição, que também será pública. Joaquim Soares não me conhece; mas é digno da distinção, por ser dos nossos melhores artistas, e um dos homens mais honrados da nossa terra..."

Cumpriu-se à risca esta verba testamentária. Joaquim Soares fez o caixão em que foi metido o corpo do pobre Nicolau B. de C.; fabricou-o ele mesmo, *con amore*; e, no fim, por um movimento cordial, pediu licença para não receber nenhuma remuneração. Estava pago; o favor do defunto era em si mesmo um prêmio insigne. Só desejava uma coisa: a cópia autêntica da verba.

Deram-lha; ele mandou-a encaixilhar e pendurar de um prego, na loja. Os outros fabricantes de caixões, passado o assombro, clamaram que o testamento era um despropósito. Felizmente — e esta é uma das vantagens do estado social — felizmente, todas as demais classes acharam que aquela mão, saindo do abismo para abençoar a obra de um operário modesto, praticara uma ação rara e magnânima. Era em 1855; a população estava mais conchegada; não se falou de outra coisa. O nome do Nicolau reboou por muitos dias na imprensa da corte, de onde passou à das províncias. Mas a vida universal é tão variada, os sucessos acumulam-se em tanta multidão, e com tal presteza, e, finalmente, a memória dos homens é tão frágil, que um dia chegou em que a ação de Nicolau mergulhou de todo no olvido.

Não venho restaurá-la. Esquecer é uma necessidade. A vida é uma lousa, em que o destino, para escrever um novo caso, precisa apagar o caso escrito. Obra de lápis e esponja. Não, não venho restaurá-la. Há milhares de ações tão bonitas, ou ainda mais bonitas do que a do Nicolau, e comidas do esquecimento. Venho dizer que a verba testamentária não é um efeito sem causa; venho mostrar uma das maiores curiosidades mórbidas deste século.

Sim, leitor amado, vamos entrar em plena patologia. Esse menino que aí vês, nos fins do século passado (em 1855, quando morreu, tinha o Nicolau sessenta e oito anos), esse menino não é um produto são, não é um organismo perfeito. Ao contrário, desde os mais tenros anos, manifestou por atos reiterados que há nele algum vício interior, alguma falha orgânica. Não se pode explicar de outro modo a obstinação com que ele corre a destruir os brinquedos dos outros meninos, não digo os que são iguais aos dele, ou ainda inferiores, mas os que são melhores ou mais ricos.

Menos ainda se compreende que, nos casos em que o brinquedo é único, ou somente raro, o jovem Nicolau console a vítima com dois ou três pontapés; nunca menos de um. Tudo isso é obscuro. Culpa do pai não pode ser. O pai era um honrado negociante ou comissário (a maior parte das pessoas a que aqui se dá o nome de comerciantes, dizia o marquês de Lavradio, nada mais são que uns simples comissários), que viveu com certo luzimento, no último quartel do século, homem ríspido, austero, que admoestava o filho, e, sendo necessário, castigava-o. Mas nem admoestações, nem castigos, valiam nada. O impulso interior do Nicolau era mais eficaz do que todos os bastões paternos; e, uma ou duas vezes por semana, o pequeno reincidia no mesmo delito. Os desgostos da família eram profundos. Deu-se mesmo um caso, que, por suas gravíssimas consequências, merece ser contado.

O vice-rei, que era então o conde de Resende, andava preocupado com a necessidade de construir um cais na praia de D. Manuel. Isto, que seria hoje um simples episódio municipal, era naquele tempo, atentas as proporções escassas da cidade, uma empresa importante. Mas o vice-rei não tinha recursos; o cofre público mal podia acudir às urgências ordinárias. Homem de Estado, e provavelmente filósofo, engendrou um expediente não menos suave que profícuo: distribuir, a troco de donativos pecuniários, postos de capitão, tenente e alferes. Divulgada a resolução, entendeu o pai do Nicolau que era ocasião de figurar, sem perigo, na galeria militar do século, ao mesmo tempo que desmentia uma doutrina bramânica. Com efeito, está nas leis de Manu, que dos braços de Brama nasceram os guerreiros, e do ventre os agricultores e comerciantes; o pai do Nicolau, adquirindo o despacho de capitão, corrigia esse ponto da anatomia gentílica. Outro comerciante, que com ele competia em tudo, embora familiares e amigos, apenas teve notícia do despacho, foi também levar a sua pedra ao cais. Desgraçadamente, o despeito de ter ficado atrás alguns dias, sugeriu-lhe um arbítrio de mau gosto e, no nosso caso, funesto; foi assim que ele pediu ao vice-rei outro posto de oficial do cais (tal era o nome dado aos agraciados por aquele motivo) para um filho de sete anos. O vice-rei hesitou; mas o pretendente, além de duplicar o donativo, meteu grandes empenhos, e o menino saiu nomeado alferes. Tudo correu em segredo; o pai de Nicolau só teve notícia do caso no domingo próximo, na igreja do Carmo, ao ver os dois, pai e filho, vindo o menino com uma fardinha, que, por galanteria, lhe meteram no corpo. Nicolau, que também ali estava, fez-se lívido; depois, num ímpeto, atirou-se sobre o jovem alferes e rasgou-lhe a farda, antes que os pais pudessem acudir. Um escândalo. O rebuliço do povo, a indignação dos devotos, as queixas do agredido, interromperam por alguns instantes as cerimônias eclesiásticas. Os pais trocaram algumas palavras acerbas, fora, no adro, e ficaram brigados para todo o sempre.

— Este rapaz há de ser a nossa desgraça! bradava o pai de Nicolau, em casa, depois do episódio.

Nicolau apanhou então muita pancada, curtiu muita dor, chorou, soluçou; mas de emenda coisa nenhuma. Os brinquedos dos outros meninos não ficaram menos expostos. O mesmo passou a acontecer às roupas. Os meninos mais ricos do bairro não saíam fora senão com as mais modestas vestimentas caseiras, único modo de escapar às unhas de Nicolau. Com o andar do tempo, estendeu ele a aversão às próprias caras, quando eram bonitas, ou tidas como tais. A rua em que ele residia contava um sem-número de caras quebradas, arranhadas, conspurcadas. As coisas chegaram a tal ponto, que o pai resolveu trancá-lo em casa durante uns três ou quatro meses. Foi um paliativo, e, como tal, excelente. Enquanto durou a reclusão, Nicolau mostrou-se nada menos que angélico; fora daquele sestro mórbido, era meigo, dócil, obediente, amigo da família, pontual nas rezas. No fim dos quatro meses, o pai soltou--o; era tempo de o meter com um professor de leitura e gramática.

— Deixe-o comigo, disse o professor; deixe-o comigo, e com esta (apontava para a palmatória)... Com esta, é duvidoso que ele tenha vontade de maltratar os companheiros.

Frívolo! três vezes frívolo professor! Sim, não há dúvida que ele conseguiu poupar os meninos bonitos e as roupas vistosas, castigando as primeiras investidas do pobre Nicolau; mas em que é que este sarou da moléstia? Ao contrário, obrigado a conter-se, a engolir o impulso, padecia dobrado, fazia-se mais lívido, com reflexos de verde bronze; em certos casos, era compelido a voltar os olhos ou fechá-los, para não arrebentar, dizia ele. Por outro lado, se deixou de perseguir os mais graciosos ou melhor adornados, não perdoou aos que se mostravam mais adiantados no estudo; espancava-os, tirava-lhes os livros, e lançava-os fora, nas praias ou no mangue. Rixas, sangue, ódios, tais eram os frutos da vida, para ele, além das dores cruéis que padecia, e que a família teimava em não entender. Se acrescentarmos que ele não pôde estudar nada seguidamente, mas a trancos, e mal, como os vagabundos comem, nada fixo, nada metódico, teremos visto algumas das dolorosas consequências do fato mórbido, oculto e desconhecido. O pai, que sonhava para o filho a Universidade, vendo-se obrigado a estrangular mais essa ilusão, esteve prestes a amaldiçoá-lo; foi a mãe que o salvou.

Saiu um século, entrou outro, sem desaparecer a lesão do Nicolau. Morreu-lhe o pai em 1807 e a mãe em 1809; a irmã casou com um médico holandês, treze meses depois. Nicolau passou a viver só.

Tinha vinte e três anos; era um dos petimetres da cidade, mas um singular petimetre, que não podia encarar nenhum outro, ou fosse mais gentil de feições, ou portador de algum colete especial, sem padecer uma dor violenta, tão violenta, que o obrigava às vezes a trincar o beiço até deitar sangue. Tinha ocasiões de cambalear; outras de escorrer-lhe pelo canto da boca um fio quase imperceptível de espuma. E o resto não era menos cruel. Nicolau ficava então ríspido; em casa achava tudo mau, tudo incômodo, tudo nauseabundo; feria a cabeça aos escravos com os pratos, que iam partir-se também, e perseguia os cães, a pontapés; não sossegava dez minutos, não comia, ou comia mal. Enfim dormia; e ainda bem que dormia. O sono reparava tudo. Acordava lhano e meigo, alma de patriarca, beijando os cães entre as orelhas, deixando-se lamber por eles, dando-lhes do melhor que tinha, chamando aos escravos as coisas mais familiares e ternas. E tudo, cães e escravos, esqueciam as pancadas da véspera, e acudiam às vozes dele obedientes, namorados, como se este fosse o verdadeiro senhor, e não o outro.

Um dia, estando ele em casa da irmã, perguntou-lhe esta por que motivo não adotava uma carreira qualquer, alguma coisa em que se ocupasse, e...

— Tens razão, vou ver, disse ele.

Interveio o cunhado e opinou por um emprego na diplomacia. O cunhado principiava a desconfiar de alguma doença e supunha que a mudança de clima bastava a restabelecê-lo. Nicolau arranjou uma carta de apresentação, e foi ter com o ministro de Estrangeiros. Achou-o rodeado de alguns oficiais da secretaria, prestes a ir ao paço, levar a notícia da segunda queda de Napoleão, notícia que chegara alguns minutos antes. A figura do ministro, as circunstâncias do momento, as reverências dos oficiais, tudo isso deu um tal rebate ao coração de Nicolau, que ele não pôde encarar o ministro. Teimou, seis ou oito vezes, em levantar os olhos, e da única em que o conseguiu, fizeram-se-lhe tão vesgos, que não via ninguém, ou só uma sombra, um vulto, que lhe doía nas pupilas, ao mesmo tempo que a face ia ficando verde. Nicolau recuou, estendeu a mão trêmula ao reposteiro, e fugiu.

— Não quero ser nada! disse ele à irmã, chegando a casa; fico com vocês e os meus amigos.

Os amigos eram os rapazes mais antipáticos da cidade, vulgares e ínfimos. Nicolau escolhera-os de propósito. Viver segregado dos principais era para ele um grande sacrifício; mas, como teria de padecer muito mais vivendo com eles, tragava a situação. Isto prova que ele tinha um certo conhecimento empírico do mal e do paliativo. A verdade é que, com esses companheiros, desapareciam todas as perturbações fisiológicas do Nicolau. Ele fitava-os sem lividez, sem olhos vesgos, sem cambalear, sem nada. Além disso, não só eles lhe poupavam a natural irritabilidade, como porfiavam em tornar-lhe a vida, se não deliciosa, tranquila; e para isso, diziam-lhe as maiores finezas do mundo, em atitudes cativas, ou com uma certa familiaridade inferior. Nicolau amava em geral as naturezas subalternas, como os doentes amam a droga que lhes restitui a saúde; acariciava-as paternalmente, dava-lhes o louvor abundante e cordial, emprestava-lhes dinheiro, distribuía-lhes mimos, abria-lhes a alma...

Veio o grito do Ipiranga; Nicolau meteu-se na política. Em 1823 vamos achá-lo na Constituinte. Não há que dizer ao modo por que ele cumpriu os deveres do cargo. Íntegro, desinteressado, patriota, não exercia de graça essas virtudes públicas, mas à custa de muita tempestade moral. Pode-se dizer, metaforicamente, que a frequência da Câmara custava-lhe sangue precioso. Não era só porque os debates lhe pareciam insuportáveis, mas também porque lhe era difícil encarar certos homens, especialmente em certos dias. Montezuma, por exemplo, parecia-lhe balofo, Vergueiro, maçudo, os Andradas, execráveis. Cada discurso, não só dos principais oradores, mas dos secundários, era para o Nicolau verdadeiro suplício. E, não obstante, firme, pontual. Nunca a votação o achou ausente; nunca o nome dele soou sem eco pela augusta sala. Qualquer que fosse o seu desespero, sabia conter-se e pôr a ideia da pátria acima do alívio próprio. Talvez aplaudisse *in petto* o decreto da dissolução. Não afirmo; mas há bons fundamentos para crer que o Nicolau, apesar das mostras exteriores, gostou de ver dissolvida a assembleia. E se essa conjectura é verdadeira, não menos o será esta outra: — que a deportação de alguns dos chefes constituintes, declarados inimigos públicos, veio aguar-lhe aquele prazer. Nicolau, que padecera com os discursos deles, não menos padeceu com o exílio, posto lhes desse um certo relevo. Se ele também fosse exilado!

— Você podia casar, mano, disse-lhe a irmã.

— Não tenho noiva.

— Arranjo-lhe uma. Valeu?

Era um plano do marido. Na opinião deste, a moléstia do Nicolau estava descoberta; era um verme do baço, que se nutria da dor do paciente, isto é, de uma secreção especial, produzida pela vista de alguns fatos, situações ou pessoas. A questão era matar o verme; mas, não conhecendo nenhuma substância química própria a destruí-lo, restava o recurso de obstar à secreção, cuja ausência daria igual resultado. Portanto, urgia casar o Nicolau, com alguma moça bonita e prendada, separá-lo do povoado, metê-lo em alguma fazenda, para onde levaria a melhor baixela, os melhores trastes, os mais reles amigos etc.

— Todas as manhãs, continuou ele, receberá o Nicolau um jornal que vou mandar imprimir com o único fim de lhe dizer as coisas mais agradáveis do mundo, e dizê-las nominalmente, recordando os seus modestos, mas profícuos trabalhos da Constituinte, e atribuindo-lhe muitas aventuras namoradas, agudezas de espírito, rasgos de coragem. Já falei ao almirante holandês para consentir que, de quando em quando, vá ter com o Nicolau algum dos nossos oficiais dizer-lhe que não podia voltar para a Haia sem a honra de contemplar um cidadão tão eminente e simpático, em quem se reúnem qualidades raras, e, de ordinário, dispersas. Você, se puder alcançar de alguma modista, a Gudin, por exemplo, que ponha o nome de Nicolau em um chapéu ou mantelete, ajudará muito a cura de seu mano. Cartas amorosas anônimas, enviadas pelo correio, são um recurso eficaz... Mas comecemos pelo princípio, que é casá-lo.

Nunca um plano foi mais conscienciosamente executado. A noiva escolhida era a mais esbelta, ou uma das mais esbeltas da capital. Casou-os o próprio bispo. Recolhido à fazenda, foram com ele somente alguns de seus mais triviais amigos; fez-se o jornal, mandaram-se as cartas, peitaram-se as visitas. Durante três meses tudo caminhou às mil maravilhas. Mas a natureza, apostada em lograr o homem, mostrou ainda desta vez que ela possui segredos inopináveis. Um dos meios de agradar ao Nicolau era elogiar a beleza, a elegância e as virtudes da mulher; mas a moléstia caminhara, e o que parecia remédio excelente foi simples agravação do mal. Nicolau, ao fim de certo tempo, achava ociosos e excessivos tantos elogios à mulher, e bastava isto a impacientá-lo, e a impaciência a produzir-lhe a fatal secreção. Parece mesmo que chegou ao ponto de não poder encará-la muito tempo, e a encará-la mal; vieram algumas rixas, que seriam o princípio de uma separação, se ela não morresse daí a pouco. A dor do Nicolau foi profunda e verdadeira; mas a cura interrompeu-se logo, porque ele desceu ao Rio de Janeiro, onde o vamos achar, tempos depois, entre os revolucionários de 1831.

Conquanto pareça temerário dizer as causas que levaram o Nicolau para o Campo da Aclamação, na noite de 6 para 7 de abril, penso que não estará longe da verdade quem supuser que — foi o raciocínio de um ateniense célebre e anônimo. Tanto os que diziam bem, como os que diziam mal do imperador, tinham enchido as medidas ao Nicolau. Esse homem, que inspirava entusiasmos e ódios, cujo nome era repetido onde quer que o Nicolau estivesse, na rua, no teatro, nas casas alheias, tornou-se uma verdadeira perseguição mórbida, daí o fervor com que ele meteu a mão no movimento de 1831. A abdicação foi um alívio. Verdade é que a Regência o achou dentro de pouco tempo entre os seus adversários; e há quem afirme que ele se filiou ao partido caramuru ou restaurador, posto não ficasse prova do ato. O que é certo é que a vida pública do Nicolau cessou com a Maioridade.

A doença apoderara-se definitivamente do organismo. Nicolau ia, a pouco e pouco, recuando na solidão. Não podia fazer certas visitas, frequentar certas casas. O teatro mal chegava a distraí-lo. Era tão melindroso o estado dos seus órgãos auditivos, que o ruído dos aplausos causava-lhe dores atrozes. O entusiasmo da população fluminense para com a famosa Candiani e a Meréa, mas a Candiani principalmente, cujo carro puxaram alguns braços humanos, obséquio tanto mais insigne quanto que o não fariam ao próprio Platão, esse entusiasmo foi uma das maiores mortificações do Nicolau. Ele chegou ao ponto de não ir mais ao teatro, de achar a Candiani insuportável, e preferir a *Norma* dos realejos à da prima-dona. Não era por exageração de patriota que ele gostava de ouvir o João Caetano, nos primeiros tempos; mas afinal deixou-o também, e quase que inteiramente os teatros.

— Está perdido! pensou o cunhado. Se pudéssemos dar-lhe um baço novo...

Como pensar em semelhante absurdo? Estava naturalmente perdido. Já não bastavam os recreios domésticos. As tarefas literárias a que se deu, versos de família, glosas a prêmio e odes políticas, não duraram muito tempo, e pode ser até que lhe dobrassem o mal. De fato, um dia, pareceu-lhe que essa ocupação era a coisa mais ridícula do mundo, e os aplausos ao Gonçalves Dias, por exemplo, deram-lhe ideia de um povo trivial e de mau gosto. Esse sentimento literário, fruto de uma lesão orgânica, reagiu sobre a mesma lesão, ao ponto de produzir graves crises, que o tiveram algum tempo na cama. O cunhado aproveitou o momento para desterrar-lhe da casa todos os livros de certo porte.

Explica-se menos o desalinho com que daí a meses começou a vestir-se. Educado com hábitos de elegância, era antigo freguês de um dos principais alfaiates da corte, o Plum, não passando um só dia em que não fosse pentear-se ao Desmarais e Gérard, *coiffeurs de la cour*, à Rua do Ouvidor. Parece que achou enfatuada esta denominação de cabeleireiros do paço, e castigou-os indo pentear-se a um barbeiro ínfimo. Quanto ao motivo que o levou a trocar de traje, repito que é inteiramente obscuro, e a não haver sugestão da idade, é inexplicável. A despedida do cozinheiro é outro enigma. Nicolau, por insinuação do cunhado, que o queria distrair, dava dois jantares por semana; e os convivas eram unânimes em achar que o cozinheiro dele primava sobre todos os da capital. Realmente os pratos eram bons, alguns ótimos, mas o elogio era um tanto enfático, excessivo, para o fim justamente de ser agradável ao Nicolau, e assim aconteceu algum tempo. Como entender, porém, que um domingo, acabado o jantar, que fora magnífico, despedisse ele um varão tão insigne, causa indireta de alguns dos seus mais deleitosos momentos na terra? Mistério impenetrável.

— Era um ladrão! foi a resposta que ele deu ao cunhado.

Nem os esforços deste nem os da irmã e dos amigos, nem os bens, nada melhorou o nosso triste Nicolau. A secreção do baço tornou-se perene, e o verme reproduziu-se aos milhões, teoria que não sei se é verdadeira, mas enfim era a do cunhado. Os últimos anos foram crudelíssimos. Quase se pode jurar que ele viveu então continuamente verde, irritado, olhos vesgos, padecendo consigo ainda muito mais do que fazia padecer aos outros. A menor ou maior coisa triturava-lhe os nervos: um bom discurso, um artista hábil, uma sege, uma gravata, um soneto, um dito, um sonho interessante, tudo dava de si uma crise.

Quis ele deixar-se morrer? Assim se poderia supor, ao ver a impassibilidade com que rejeitou os remédios dos principais médicos da corte; foi necessário recorrer à simulação, e dá-los, enfim, como receitados por um ignorantão do tempo. Mas era tarde. A morte levou-o ao cabo de duas semanas.

— Joaquim Soares? bradou atônito o cunhado, ao saber da verba testamentária do defunto, ordenando que o caixão fosse fabricado por aquele industrial. Mas os caixões desse sujeito não prestam para nada, e...

— Paciência! interrompeu a mulher; a vontade do mano há de cumprir-se.

"O vice-rei, que era então o conde de Resende, andava preocupado com a necessidade de construir um cais na praia de D. Manuel. Isto, que seria hoje um simples episódio municipal, era naquele tempo, atentas as proporções escassas da cidade, uma empresa importante. Mas o vice-rei não tinha recursos; o cofre público mal podia acudir às urgências ordinárias."

A
Cidade
e seus Pecados

MACHADO
DE
ASSIS

1839 · 1908

soberba

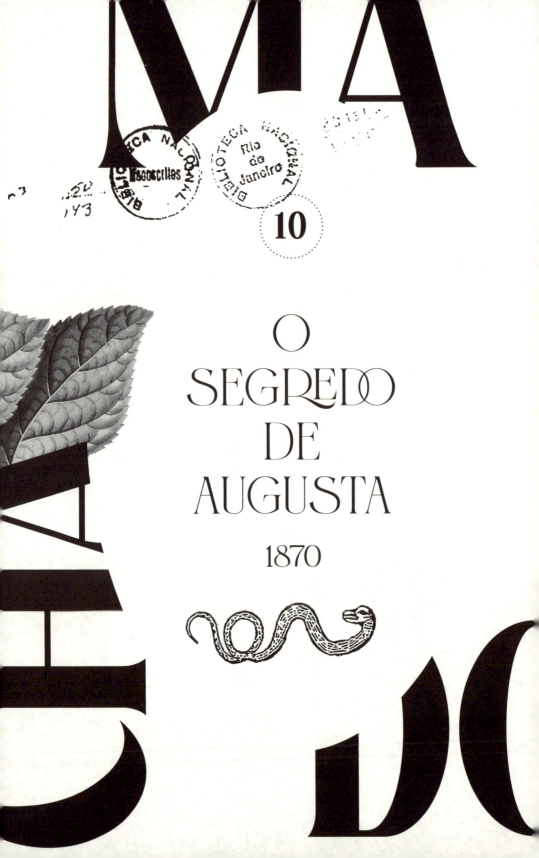

O SEGREDO DE AUGUSTA

1870

— DO LIVRO *CONTOS FLUMINENSES*, 1870 —

I

São onze horas da manhã.

D. Augusta Vasconcelos está reclinada sobre um sofá, com um livro na mão. Adelaide, sua filha, passa os dedos pelo teclado do piano.

— Papai já acordou? pergunta Adelaide à sua mãe.

— Não, responde esta sem levantar os olhos do livro.

Adelaide levantou-se e foi ter com Augusta.

— Mas é tão tarde, mamãe, disse ela. São onze horas. Papai dorme muito.

Augusta deixou cair o livro no regaço, e disse olhando para Adelaide:

— É que naturalmente recolheu-se tarde.

— Reparei já que nunca me despeço de papai quando me vou deitar. Anda sempre fora.

Augusta sorriu:

— És uma roceira, disse ela; dormes com as galinhas. Aqui o costume é outro. Teu pai tem que fazer de noite.

— É política, mamãe? perguntou Adelaide.

— Não sei, respondeu Augusta.

Comecei dizendo que Adelaide era filha de Augusta, e esta informação, necessária no romance, não o era menos na vida real em que se passou o episódio que vou contar, porque à primeira vista ninguém diria que havia ali mãe e filha; pareciam duas irmãs, tão jovem era a mulher de Vasconcelos.

Tinha Augusta trinta anos e Adelaide quinze; mas comparativamente a mãe parecia mais moça ainda que a filha. Conservava a mesma frescura dos quinze anos, e tinha de mais o que faltava a Adelaide, que era a consciência da beleza e da mocidade; consciência que seria louvável se não tivesse como consequência uma imensa e profunda vaidade. A sua estatura era mediana, mas imponente. Era muito alva e muito corada. Tinha os cabelos castanhos, e os olhos garços. As mãos compridas e bem feitas, pareciam criadas para os afagos de amor. Augusta dava melhor emprego às suas mãos; calçava-as de macia pelica.

As graças de Augusta estavam todas em Adelaide, mas em embrião. Adivinhava-se que aos vinte anos Adelaide devia rivalizar com Augusta; mas por enquanto havia na menina uns restos da infância que não davam realce aos elementos que a natureza pusera nela.

Todavia, era bem capaz de apaixonar um homem, sobretudo se ele fosse poeta, e gostasse das virgens de quinze anos, até porque era um pouco pálida, e os poetas em todos os tempos tiveram sempre queda para as criaturas descoradas.

Augusta vestia com suprema elegância; gastava muito, é verdade; mas aproveitava bem as enormes despesas, se acaso é isso aproveitá-las. Deve-se fazer-lhe uma justiça; Augusta não regateava nunca; pagava o preço que lhe pediam por qualquer coisa. Punha nisso a sua grandeza, e achava que o procedimento contrário era ridículo e de baixa esfera.

Neste ponto Augusta partilhava os sentimentos e servia aos interesses de alguns mercadores, que entendem ser uma desonra abater alguma coisa no preço das suas mercadorias.

O fornecedor de fazendas de Augusta, quando falava a este respeito, costumava dizer-lhe:

— Pedir um preço e dar a fazenda por outro preço menor é confessar que havia intenção de esbulhar o freguês.

O fornecedor preferia fazer a coisa sem a confissão.

Outra justiça que devemos reconhecer era que Augusta não poupava esforços para que Adelaide fosse tão elegante como ela.

Não era pequeno o trabalho.

Adelaide desde a idade de cinco anos fora educada na roça em casa de uns parentes de Augusta, mais dados ao cultivo do café que às despesas do vestuário. Adelaide foi educada nesses hábitos e nessas ideias. Por isso quando chegou à corte, onde se reuniu à família, houve para ela uma verdadeira transformação. Passava de uma civilização para outra; viveu numa longa série de anos. O que lhe valeu é que tinha em sua mãe uma excelente mestra. Adelaide reformou-se, e no dia em que começa esta narração já era outra; todavia estava ainda muito longe de Augusta.

No momento em que Augusta respondia à curiosa pergunta de sua filha acerca das ocupações de Vasconcelos, parou um carro à porta.

Adelaide correu à janela.

— É d. Carlota, mamãe, disse a menina voltando-se para dentro.

Daí a alguns minutos entrava na sala a d. Carlota em questão.

Os leitores ficarão conhecendo esta nova personagem com a simples indicação de que era um segundo volume de Augusta; bela, como ela; elegante, como ela; vaidosa, como ela.

Tudo isto quer dizer que eram ambas as mais afáveis inimigas que podem haver neste mundo.

Carlota vinha pedir a Augusta para ir cantar num concerto que ia dar em casa, imaginado por ela para o fim de inaugurar um magnífico vestido novo.

Augusta de boa vontade acedeu ao pedido.

— Como está seu marido? perguntou ela a Carlota.

— Foi para a praça; e o seu?

— O meu dorme.

— Como um justo? perguntou Carlota sorrindo maliciosamente.

— Parece, respondeu Augusta.

Neste momento, Adelaide, que por pedido de Carlota tinha ido tocar um noturno ao piano, voltou para o grupo.

A amiga de Augusta perguntou-lhe:

— Aposto que já tem algum noivo em vista?

A menina corou muito, e balbuciou:

— Não fale nisso.

— Ora, há de ter! Ou então aproxima-se da época em que há de ter um noivo, e eu já lhe profetizo que há de ser bonito...

— É muito cedo, disse Augusta.

— Cedo!

— Sim, está muito criança; casar-se-á quando for tempo, e o tempo está longe...

— Já sei, disse Carlota rindo, quer prepará-la bem... Aprovo-lhe a intenção. Mas nesse caso não lhe tire as bonecas.

— Já não as tem.

— Então é difícil impedir os namorados. Uma coisa substitui a outra.

Augusta sorriu, e Carlota levantou-se para sair.

— Já? disse Augusta.

— É preciso; adeus!

— Adeus!

Trocaram-se alguns beijos e Carlota saiu logo.

Logo depois chegaram dois caixeiros: um com alguns vestidos e outro com um romance; eram encomendas feitas na véspera. Os vestidos eram caríssimos, e o romance tinha este título: *Fanny*, por Ernesto Feydeau.

II

Pela uma hora da tarde do mesmo dia levantou-se Vasconcelos da cama.

Vasconcelos era um homem de quarenta anos, bem apessoado, dotado de um maravilhoso par de suíças grisalhas, que lhe davam um ar de diplomata, coisa de que estava afastado umas boas cem léguas. Tinha a cara risonha e expansiva; todo ele respirava uma robusta saúde.

Possuía uma boa fortuna e não trabalhava, isto é, trabalhava muito na destruição da referida fortuna, obra em que sua mulher colaborava conscienciosamente.

A observação de Adelaide era verídica; Vasconcelos recolhia-se tarde; acordava sempre depois do meio-dia; e saía às ave-marias para voltar na madrugada seguinte. Quer dizer que fazia com regularidade algumas pequenas excursões à casa da família.

Só uma pessoa tinha o direito de exigir de Vasconcelos mais alguma assiduidade em casa: era Augusta; mas ela nada lhe dizia. Nem por isso se davam mal, porque o marido em compensação da tolerância de sua esposa não lhe negava nada, e todos os caprichos dela eram de pronto satisfeitos.

Se acontecia que Vasconcelos não pudesse acompanhá-la a todos os passeios e bailes, incumbia-se disso um irmão dele, comendador de duas ordens, político de oposição, excelente jogador de voltarete, e homem amável nas horas vagas, que eram bem poucas. O irmão Lourenço era o que se pode chamar um irmão terrível. Obedecia a todos os desejos da cunhada, mas não poupava de quando em quando um sermão ao irmão. Boa semente que não pegava.

Acordou, pois, Vasconcelos, e acordou de bom humor. A filha alegrou-se muito ao vê-lo, e ele mostrou-se de uma grande afabilidade com a mulher, que lhe retribuiu do mesmo modo.

— Por que acorda tão tarde? perguntou Adelaide acariciando as suíças de Vasconcelos.

— Porque me deito tarde.

— Mas por que se deita tarde?

— Isso agora é muito perguntar! disse Vasconcelos sorrindo.

E continuou:

— Deito-me tarde porque assim o pedem as necessidades políticas. Tu não sabes o que é política; é uma coisa muito feia, mas muito necessária.

— Sei o que é política, sim! disse Adelaide.

— Ah! explica-me lá então o que é.

— Lá na roça, quando quebraram a cabeça ao juiz de paz, disseram que era por política; o que eu achei esquisito, porque a política seria não quebrar a cabeça...

Vasconcelos riu muito com a observação da filha, e foi almoçar, exatamente quando entrava o irmão, que não pôde deixar de exclamar:

— A boa hora almoças tu!

— Aí vens tu com as tuas reprimendas. Eu almoço quando tenho fome... Vê se me queres agora escravizar às horas e às denominações. Chama-lhe almoço ou *lunch*, a verdade é que estou comendo.

Lourenço respondeu com uma careta.

Terminado o almoço, anunciou-se a chegada do sr. Batista. Vasconcelos foi recebê-lo no gabinete particular.

Batista era um rapaz de vinte e cinco anos; era o tipo acabado do pândego; excelente companheiro numa ceia de sociedade equívoca, nulo conviva numa sociedade honesta. Tinha chiste e certa inteligência, mas era preciso que estivesse em clima próprio para que se lhe desenvolvessem essas qualidades. No mais era bonito; tinha um lindo bigode; calçava botins do Campas, e vestia no mais apurado gosto; fumava tanto como um soldado e tão bem como um *lord*.

— Aposto que acordaste agora? disse Batista entrando no gabinete do Vasconcelos.

— Há três quartos de hora; almocei neste instante. Toma um charuto.

Batista aceitou o charuto, e estirou-se numa cadeira americana, enquanto Vasconcelos acendia um fósforo.

— Viste o Gomes? perguntou Vasconcelos.

— Vi-o ontem. Grande notícia: rompeu com a sociedade.

— Deveras?

— Quando lhe perguntei por que motivo ninguém o via há um mês, respondeu-me que estava passando por uma transformação, e que do Gomes que foi só ficará lembrança. Parece incrível, mas o rapaz fala com convicção.

— Não creio; aquilo é alguma caçoada que nos quer fazer. Que novidades há?

— Nada; isto é, tu é que deves saber alguma coisa.

— Eu, nada...

— Ora essa! não foste ontem ao Jardim?

— Fui, sim; houve uma ceia...

— De família, sim. Eu fui ao Alcazar. A que horas acabou a reunião?

— Às quatro da manhã...

Vasconcelos estendeu-se numa rede, e a conversa continuou por esse tom, até que um moleque veio dizer a Vasconcelos que estava na sala o sr. Gomes.

— Eis o homem! disse Batista.

— Manda subir, ordenou Vasconcelos.

O moleque desceu para dar o recado; mas só um quarto de hora depois é que Gomes apareceu, por demorar-se algum tempo embaixo conversando com Augusta e Adelaide.

— Quem é vivo sempre aparece, disse Vasconcelos ao avistar o rapaz.

— Não me procuram... disse ele.

— Perdão; eu já lá fui duas vezes, e disseram-me que havias saído.

— Só por grande fatalidade, porque eu quase nunca saio.

— Mas então estás completamente ermitão?

— Estou crisálida; vou reaparecer borboleta, disse Gomes sentando-se.

— Temos poesia... Guarda debaixo, Vasconcelos...

O novo personagem, o Gomes tão desejado e tão escondido, representava ter cerca de trinta anos. Ele, Vasconcelos e Batista eram a trindade do prazer e da dissipação, ligada por uma indissolúvel amizade. Quando Gomes, cerca de um mês antes, deixou de aparecer nos círculos do costume, todos repararam nisso, mas só Vasconcelos e Batista sentiram deveras. Todavia, não insistiram muito em arrancá-lo à solidão, somente pela consideração de que talvez houvesse nisso algum interesse do rapaz.

Gomes foi portanto recebido como um filho pródigo.

— Mas onde te meteste? que é isso de crisálida e de borboleta? Cuidas que eu sou do mangue?

— É o que lhes digo, meus amigos. Estou criando asas.

— Asas! disse Batista sufocando uma risada.

— Só se são asas de gavião para cair...

— Não, estou falando sério.

E com efeito Gomes apresentava um ar sério e convencido.

Vasconcelos e Batista olharam um para o outro.

— Pois se é verdade isso que dizes, explica-nos lá que asas são essas, e sobretudo para onde é que queres voar.

A estas palavras de Vasconcelos, acrescentou Batista:

— Sim, deves dar-nos uma explicação, e se nós que somos o teu conselho de família acharmos que a explicação é boa, aprovamo-la; senão, ficas sem asas, e ficas sendo o que sempre foste...

— Apoiado, disse Vasconcelos.

— Pois é simples; estou criando asas de anjo, e quero voar para o céu do amor.

— Do amor! disseram os dois amigos de Gomes.

— É verdade, continuou Gomes. Que fui eu até hoje? Um verdadeiro estroina, um perfeito pândego, gastando às mãos largas a minha fortuna e o meu coração. Mas isto é bastante para encher a vida? Parece que não...

— Até aí concordo... isso não basta; é preciso que haja outra coisa; a diferença está na maneira de...

— É exato, disse Vasconcelos; é exato; é natural que vocês pensem de modo diverso, mas eu acho que tenho razão em dizer que sem o amor casto e puro a vida é um puro deserto.

Batista deu um pulo...

Vasconcelos fitou os olhos em Gomes:

— Aposto que vais casar? disse-lhe.

— Não sei se vou casar; sei que amo, e espero acabar por casar-me com a mulher a quem amo.

— Casar! exclamou Batista.

E soltou uma estridente gargalhada.

Mas Gomes falava tão seriamente, insistia com tanta gravidade naqueles projetos de regeneração, que os dois amigos acabaram por ouvi-lo com igual seriedade.

Gomes falava uma linguagem estranha, e inteiramente nova na boca de um rapaz que era o mais doido e ruidoso nos festins de Baco e de Citera.

— Assim, pois, deixa-nos? perguntou Vasconcelos.

— Eu? Sim e não; encontrar-me-ão nas salas; nos hotéis e nas casas equívocas, nunca mais.

— *De profundis...* cantarolou Batista.

— Mas afinal de contas, disse Vasconcelos, onde está a tua Marion? Pode-se saber quem ela é?

— Não é Marion, é Virgínia... Pura simpatia ao princípio, depois afeição pronunciada, hoje paixão verdadeira. Lutei enquanto pude; mas abati as armas diante de uma força maior. O meu grande medo era não ter uma alma capaz de oferecer a essa gentil criatura. Pois tenho-a, e tão fogosa, e tão virgem como no tempo dos meus dezoito anos. Só o casto olhar de uma virgem poderia descobrir no meu lodo essa pérola divina. Renasço melhor do que era...

— Está claro, Vasconcelos, o rapaz está doido; mandemo-lo para a Praia Vermelha; e como pode ter algum acesso, eu vou-me embora...

Batista pegou no chapéu.

— Onde vais? disse-lhe Gomes.

— Tenho que fazer; mas logo aparecerei em tua casa; quero ver se ainda é tempo de arrancar-te a esse abismo.

E saiu.

III

Os dois ficaram sós.

— Então é certo que estás apaixonado?

— Estou. Eu bem sabia que vocês dificilmente acreditariam nisto; eu próprio não creio ainda, e contudo é verdade. Acabo por onde tu começaste. Será melhor ou pior? Eu creio que é melhor.

— Tens interesse em ocultar o nome da pessoa?

— Oculto-o por ora a todos, menos a ti.

— É uma prova de confiança...

Gomes sorriu.

— Não, disse ele, é uma condição *sine qua non*; antes de todos tu deves saber quem é a escolhida do meu coração; trata-se de tua filha.

— Adelaide? perguntou Vasconcelos espantado.

— Sim, tua filha.

A revelação de Gomes caiu como uma bomba. Vasconcelos nem por sombras suspeitava semelhante coisa.

— Este amor é da tua aprovação? perguntou-lhe Gomes.

Vasconcelos refletia, e depois de alguns minutos de silêncio, disse:

— O meu coração aprova a tua escolha; és meu amigo, estás apaixonado, e uma vez que ela te ame...

Gomes ia falar, mas Vasconcelos continuou sorrindo:

— Mas a sociedade?

— Que sociedade?

— A sociedade que nos tem em conta de libertinos, a ti e a mim, é natural que não aprove o meu ato.

— Já vejo que é uma recusa, disse Gomes entristecendo.

— Qual recusa, pateta! É uma objeção, que tu poderás destruir dizendo: a sociedade é uma grande caluniadora e uma famosa indiscreta. Minha filha é tua, com uma condição.

— Qual?

— A condição da reciprocidade. Ama-te ela?

— Não sei, respondeu Gomes.

— Mas desconfias...

— Não sei; sei que a amo e que daria a minha vida por ela, mas ignoro se sou correspondido.

— Hás de ser... Eu me incumbirei de apalpar o terreno. Daqui a dois dias dou-te a minha resposta. Ah! se ainda tenho de ver-te meu genro!

A resposta de Gomes foi cair-lhe nos braços. A cena já roçava pela comédia quando deram três horas. Gomes lembrou-se que tinha *rendez-vous* com um amigo; Vasconcelos lembrou-se que tinha de escrever algumas cartas.

Gomes saiu sem falar às senhoras.

Pelas quatro horas Vasconcelos dispunha-se a sair, quando vieram anunciar-lhe a visita do sr. José Brito.

Ao ouvir este nome o alegre Vasconcelos franziu o sobrolho.

Pouco depois entrava no gabinete o sr. José Brito.

O sr. José Brito era para Vasconcelos um verdadeiro fantasma, um eco do abismo, uma voz da realidade; era um credor.

— Não contava hoje com a sua visita, disse Vasconcelos.

— Admira, respondeu o sr. José Brito com uma placidez de apunhalar, porque hoje são 21.

— Cuidei que eram 19, balbuciou Vasconcelos.

— Anteontem, sim; mas hoje são 21. Olhe, continuou o credor pegando no *Jornal do Comércio* que se achava numa cadeira: quinta-feira 21.

— Vem buscar o dinheiro?

— Aqui está a letra, disse o sr. José Brito tirando a carteira do bolso e um papel da carteira.

— Por que não veio mais cedo? perguntou Vasconcelos, procurando assim espaçar a questão principal.

— Vim às oito horas da manhã, respondeu o credor, estava dormindo; vim às nove, idem; vim às dez, idem; vim às onze, idem; vim ao meio-dia, idem. Quis vir à uma hora, mas tinha de mandar um homem para a cadeia e não me foi possível acabar cedo. Às três jantei, e às quatro aqui estou.

Vasconcelos puxava o charuto a ver se lhe ocorria alguma ideia boa de escapar ao pagamento com que ele não contava.

Não achava nada; mas o próprio credor forneceu-lhe ensejo.

— Além de que, disse ele, a hora não importa nada, porque eu estava certo de que o senhor me vai pagar.

— Ah! disse Vasconcelos, é talvez um engano; eu não contava com o senhor hoje, e não arranjei o dinheiro...

— Então, como há de ser? perguntou o credor com ingenuidade.

Vasconcelos sentiu entrar-lhe n'alma a esperança.

— Nada mais simples, disse; o senhor espera até amanhã...

— Amanhã, quero assistir à penhora de um indivíduo que mandei processar por uma larga dívida; não posso...

— Perdão, eu levo-lhe o dinheiro à sua casa...

— Isso seria bom se os negócios comerciais se arranjassem assim. Se fôssemos dois amigos é natural que eu me contentasse com a sua promessa, e tudo acabaria amanhã; mas eu sou seu credor, e só tenho em vista salvar o meu interesse... Portanto, acho melhor pagar hoje...

Vasconcelos passou a mão pelos cabelos.

— Mas se eu não tenho! disse ele.

— É uma coisa que o deve incomodar muito, mas que a mim não me causa a menor impressão... isto é, deve causar-me alguma, porque o senhor está hoje em situação precária.

— Eu?

— É verdade; as suas casas da rua da Imperatriz estão hipotecadas; a da rua de S. Pedro foi vendida, e a importância já vai longe; os seus escravos têm ido a um e um, sem que o senhor o perceba, e as despesas que o senhor há pouco fez para montar uma casa a certa dama da sociedade equívoca são imensas. Eu sei tudo; sei mais do que o senhor...

Vasconcelos estava visivelmente aterrado.

O credor dizia a verdade.

— Mas enfim, disse Vasconcelos, o que havemos de fazer?

— Uma coisa simples; duplicamos a dívida, e o senhor passa-me agora mesmo um depósito.

— Duplicar a dívida! mas isto é um...

— Isto é uma tábua de salvação; sou moderado. Vamos lá, aceite. Escreva-me aí o depósito, e rasga-se a letra.

Vasconcelos ainda quis fazer objeção; mas era impossível convencer o sr. José Brito.

Assinou o depósito de dezoito contos.

Quando o credor saiu, Vasconcelos entrou a meditar seriamente na sua vida.

Até então gastara tanto e tão cegamente que não reparara no abismo que ele próprio cavara a seus pés.

Veio porém adverti-lo a voz de um dos seus algozes.

Vasconcelos refletiu, calculou, recapitulou as suas despesas e as suas obrigações, e viu que da fortuna que possuía tinha na realidade menos da quarta parte.

Para viver como até ali vivera, aquilo era nada menos que a miséria.

Que fazer em tal situação?

Vasconcelos pegou no chapéu e saiu.

Vinha caindo a noite.

Depois de andar algum tempo pelas ruas entregue às suas meditações, Vasconcelos entrou no Alcazar.

Era um meio de distrair-se.

Ali encontraria a sociedade do costume.

Batista veio ao encontro do amigo.

— Que cara é essa? disse-lhe.

— Não é nada, pisaram-me um calo, respondeu Vasconcelos, que não encontrava melhor resposta.

Mas um pedicuro que se achava perto de ambos ouviu o dito, nunca mais perdeu de vista o infeliz Vasconcelos, a quem a coisa mais indiferente incomodava. O olhar persistente do pedicuro aborreceu-o tanto que Vasconcelos saiu.

Entrou no Hotel de Milão, para jantar. Por mais preocupado que ele estivesse, a exigência do estômago não se demorou.

Ora, no meio do jantar lembrou-lhe aquilo que não devia ter-lhe saído da cabeça: o pedido de casamento feito nessa tarde por Gomes.

Foi um raio de luz.

"Gomes é rico", pensou Vasconcelos; "o meio de escapar a maiores desgostos é este; Gomes casa-se com Adelaide, e como é meu amigo não me negará o que eu precisar. Pela minha parte procurarei ganhar o perdido... Que boa fortuna foi aquela lembrança do casamento!"

Vasconcelos comeu alegremente; voltou depois ao Alcazar, onde alguns rapazes e *outras pessoas* fizeram esquecer completamente os seus infortúnios.

Às três horas da noite Vasconcelos entrava para casa com a tranquilidade e regularidade do costume.

IV

No dia seguinte o primeiro cuidado de Vasconcelos foi consultar o coração de Adelaide. Queria porém fazê-lo na ausência de Augusta. Felizmente esta precisava de ir ver à rua da Quitanda umas fazendas novas, e saiu com o cunhado, deixando a Vasconcelos toda a liberdade.

Como os leitores já sabem, Adelaide queria muito ao pai, e era capaz de fazer por ele tudo. Era, além disso, um excelente coração. Vasconcelos contava com essas duas forças.

— Vem cá, Adelaide, disse ele entrando na sala; sabes quantos anos tens?

— Tenho quinze.

— Sabes quantos anos tem tua mãe?

— Vinte e sete, não é?

— Tem trinta; quer dizer que tua mãe casou-se com quinze anos.

Vasconcelos parou, a fim de ver o efeito que produziam estas palavras; mas foi inútil a expectativa; Adelaide não compreendeu nada.

O pai continuou:

— Não pensaste no casamento?

A menina corou muito, hesitou em falar, mas como o pai instasse, respondeu:

— Qual, papai! eu não quero casar...

— Não queres casar? É boa! por quê?

— Porque não tenho vontade, e vivo bem aqui.

— Mas tu podes casar e continuar a viver aqui...

— Bem; mas não tenho vontade.

— Anda lá... Amas alguém, confessa.

— Não me pergunte isso, papai... eu não amo ninguém.

A linguagem de Adelaide era tão sincera que Vasconcelos não podia duvidar.

"Ela fala a verdade, pensou ele; é inútil tentar por esse lado..."

Adelaide sentou-se ao pé dele, e disse:

— Portanto, meu paizinho, não falemos mais nisso...

— Falemos, minha filha; tu és criança, não sabes calcular. Imagina que eu e tua mãe morremos amanhã. Quem te há de amparar? Só um marido.

— Mas se eu não gosto de ninguém...

— Por ora; mas hás de vir a gostar se o noivo for um bonito rapaz, de bom coração... Eu já escolhi um que te ama muito, e a quem tu hás de amar.

Adelaide estremeceu.

— Eu? disse ela. Mas... quem é?

— É o Gomes.

— Não o amo, meu pai...

— Agora, creio; mas não negas que ele é digno de ser amado. Dentro de dois meses estás apaixonada por ele.

Adelaide não disse palavra. Curvou a cabeça e começou a torcer nos dedos uma das suas tranças bastas e negras. O seio arfava-lhe com força; a menina tinha os olhos cravados no tapete.

— Vamos, está decidido, não? perguntou Vasconcelos.

— Mas, papai, e se eu for infeliz?...

— Isso é impossível, minha filha; hás de ser muito feliz; e hás de amar muito a teu marido.

— Oh! papai, disse-lhe Adelaide com os olhos rasos de água, peço-lhe que não me case ainda...

— Adelaide, o primeiro dever de uma filha é obedecer a seu pai, e eu sou teu pai. Quero que te cases com o Gomes; hás de casar.

Estas palavras, para terem todo o efeito, deviam ser seguidas de uma retirada rápida. Vasconcelos compreendeu isso, e saiu da sala deixando Adelaide na maior desolação.

Adelaide não amava ninguém. A sua recusa não tinha por ponto de partida nenhum outro amor; também não era resultado de aversão que tivesse pelo seu pretendente.

A menina sentia simplesmente uma total indiferença pelo rapaz.

Nestas condições o casamento não deixava de ser uma odiosa imposição.

Mas que faria Adelaide? a quem recorreria?

Recorreu às lágrimas.

Quanto a Vasconcelos, subiu ao gabinete e escreveu as seguintes linhas ao futuro genro:

"Tudo caminha bem; autorizo-te a vires fazer corte à pequena, e espero que dentro de dois meses o casamento esteja concluído."

Fechou a carta e mandou-a.

Pouco depois voltaram de fora Augusta e Lourenço.

Enquanto Augusta subiu para o quarto da *toilette* para mudar de roupa, Lourenço foi ter com Adelaide, que estava no jardim.

Reparou que ela tinha os olhos vermelhos, e inquiriu a causa; mas a moça negou que fosse de chorar.

Lourenço não acreditou nas palavras da sobrinha, e instou com ela para que lhe contasse o que havia.

Adelaide tinha grande confiança no tio, até por causa da sua rudeza de maneiras. No fim de alguns minutos de instâncias, Adelaide contou a Lourenço a cena com o pai.

— Então, é por isso que estás chorando, pequena?

— Pois então? Como fugir ao casamento?

— Descansa, não te casarás; eu te prometo que não te hás de casar.

A moça sentiu um estremecimento de alegria.

— Promete, meu tio, que há de convencer a papai?

— Hei de vencê-lo ou convencê-lo, não importa; tu não te hás de casar. Teu pai é um tolo.

Lourenço subiu ao gabinete de Vasconcelos, exatamente no momento em que este se dispunha a sair.

— Vais sair? perguntou-lhe Lourenço.

— Vou.

— Preciso falar-te.

Lourenço sentou-se, e Vasconcelos, que já tinha o chapéu na cabeça, esperou de pé que ele falasse.

— Senta-te, disse Lourenço.

Vasconcelos sentou-se.

— Há dezesseis anos...

— Começas de muito longe; vê se abrevias uma meia dúzia de anos, sem o que não prometo ouvir o que me vais dizer.

— Há dezesseis anos, continuou Lourenço, que és casado; mas a diferença entre o primeiro dia e o dia de hoje é grande.

— Naturalmente, disse Vasconcelos. *Tempora mutantur et...*

— Naquele tempo, continuou Lourenço, dizias que encontraras um paraíso, o verdadeiro paraíso, e foste durante dois ou três anos o modelo dos maridos. Depois mudaste completamente; e o paraíso tornar-se-ia verdadeiro inferno se tua mulher não fosse tão indiferente e fria como é, evitando assim as mais terríveis cenas domésticas.

— Mas, Lourenço, que tens com isso?

— Nada; nem é disso que vou falar-te. O que me interessa é que não sacrifiques tua filha por um capricho, entregando-a a um dos teus companheiros de vida solta...

Vasconcelos levantou-se:

— Estás doido! disse ele.

— Estou calmo, e dou-te o prudente conselho de não sacrificares tua filha a um libertino.

— Gomes não é libertino; teve uma vida de rapaz, é verdade, mas gosta de Adelaide, e reformou-se completamente. É um bom casamento, e por isso acho que todos devemos aceitá-lo. É a minha vontade, e nesta casa quem manda sou eu.

Lourenço procurou falar ainda, mas Vasconcelos já ia longe.

"Que fazer?" pensou Lourenço.

V

A oposição de Lourenço não causava grande impressão a Vasconcelos. Ele podia, é verdade, sugerir à sobrinha ideias de resistência; mas Adelaide, que era um espírito fraco, cederia ao último que lhe falasse, e os conselhos de um dia seriam vencidos pela imposição do dia seguinte.

Todavia era conveniente obter o apoio de Augusta. Vasconcelos pensou em tratar disso o mais cedo que lhe fosse possível.

Entretanto, urgia organizar os seus negócios, e Vasconcelos procurou um advogado a quem entregou todos os papéis e informações, encarregando-o de orientá-lo em todas as necessidades da situação, quais os meios que poderia opor em qualquer caso de reclamação por dívida ou hipoteca.

Nada disto fazia supor da parte de Vasconcelos uma reforma de costumes. Preparava-se apenas para continuar a vida anterior.

Dois dias depois da conversa com o irmão, Vasconcelos procurou Augusta, para tratar francamente do casamento de Adelaide.

Já nesse intervalo o futuro noivo, obedecendo ao conselho de Vasconcelos, fazia corte prévia à filha. Era possível que, se o casamento não lhe fosse imposto, Adelaide acabasse por gostar do rapaz. Gomes era um homem belo e elegante; e, além disso, conhecia todos os recursos de que se deve usar para impressionar uma mulher.

Teria Augusta notado a presença assídua do moço? Vasconcelos fazia essa pergunta ao seu espírito no momento em que entrava na *toilette* da mulher.

— Vais sair? perguntou ele.

— Não; tenho visitas.

— Ah! quem?

— A mulher do Seabra, disse ela.

Vasconcelos sentou-se, e procurou um meio de encabeçar a conversa especial que ali o levava.

— Estás muito bonita hoje!

— Deveras? disse ela sorrindo. Pois estou hoje como sempre, e é singular que o digas hoje...

— Não; realmente hoje estás mais bonita do que costumas, a ponto que sou capaz de ter ciúmes...

— Qual! disse Augusta com um sorriso irônico.

Vasconcelos coçou a cabeça, tirou o relógio, deu-lhe corda; depois entrou a puxar as barbas, pegou numa folha, leu dois ou três anúncios, atirou a folha ao chão, e afinal, depois de um silêncio já prolongado, Vasconcelos achou melhor atacar a praça de frente.

— Tenho pensado ultimamente em Adelaide, disse ele.

— Ah! por quê?

— Está moça...

— Moça! exclamou Augusta, é uma criança...

— Está mais velha do que tu quando te casaste...

Augusta franziu ligeiramente a testa.

— Mas então... disse ela.

— Então é que eu desejo fazê-la feliz e feliz pelo casamento. Um rapaz, digno dela a todos os respeitos, pediu-ma há dias, e eu disse-lhe que sim. Em sabendo quem é, aprovarás a escolha; é o Gomes. Casamo-la, ńão?

— Não! respondeu Augusta.

— Como, não?

— Adelaide é uma criança; não tem juízo nem idade própria... Casar-se-á quando for tempo.

— Quando for tempo? Estás certa se o noivo esperará até que seja tempo?

— Paciência, disse Augusta.

— Tens alguma coisa que notar no Gomes?

— Nada. É um moço distinto; mas não convém a Adelaide.

Vasconcelos hesitava em continuar; parecia-lhe que nada se podia arranjar; mas a ideia da fortuna deu-lhe forças, e ele perguntou:

— Por quê?

— Estás certo de que ele convenha a Adelaide? perguntou Augusta, eludindo a pergunta do marido.

— Afirmo que convém.

— Convenha ou não, a pequena não deve casar já.

— E se ela amasse?...

— Que importa isso? esperaria!

— Entretanto, Augusta, não podemos prescindir deste casamento... É uma necessidade fatal.

— Fatal? não compreendo.

— Vou explicar-me. O Gomes tem uma boa fortuna.

— Também nós temos uma...

— É o teu engano, interrompeu Vasconcelos.

— Como assim?

Vasconcelos continuou:

— Mais tarde ou mais cedo havias de sabê-lo, e eu estimo ter esta ocasião de dizer-te toda a verdade. A verdade é que, se não estamos pobres, estamos arruinados.

Augusta ouviu estas palavras com os olhos espantados. Quando ele acabou, disse:

— Não é possível!

— Infelizmente é verdade!

Seguiu-se algum tempo de silêncio.

"Tudo está arranjado", pensou Vasconcelos.

Augusta rompeu o silêncio.

— Mas, disse ela, se a nossa fortuna está abalada, creio que o senhor tem coisa melhor para fazer do que estar conversando; é reconstruí-la.

Vasconcelos fez com a cabeça um movimento de espanto, e como se fosse aquilo uma pergunta, Augusta apressou-se a responder:

— Não se admire disto; creio que o seu dever é reconstruir a fortuna.

— Não me admira esse dever; admira-me que mo lembres por esse modo. Dir-se-ia que a culpa é minha...

— Bom! disse Augusta, vais dizer que fui eu...

— A culpa, se culpa há, é de nós ambos.

— Por quê? é também minha?

— Também. As tuas despesas loucas contribuíram em grande parte para este resultado; eu nada te recusei nem recuso, e é nisso que sou culpado. Se é isso que me lanças em rosto, aceito.

Augusta levantou os ombros com um gesto de despeito; e deitou a Vasconcelos um olhar de tamanho desdém que bastaria para intentar uma ação de divórcio.

Vasconcelos viu o movimento e o olhar.

— O amor do luxo e do supérfluo, disse ele, há de sempre produzir estas consequências. São terríveis, mas explicáveis. Para conjurá-las era preciso viver com moderação. Nunca pensaste nisso. No fim de seis meses de casada entraste a viver no turbilhão da moda, e o pequeno regato das despesas tornou-se um rio imenso de desperdícios. Sabes o que me disse uma vez meu irmão? Disse-me que a ideia de mandar Adelaide para a roça foi-te sugerida pela necessidade de viver sem cuidados de natureza alguma.

Augusta tinha-se levantado e deu alguns passos; estava trêmula e pálida.

Vasconcelos ia por diante nas suas recriminações, quando a mulher o interrompeu, dizendo:

— Mas por que motivo não impediu o senhor essas despesas que eu fazia?

— Queria a paz doméstica.

— Não! clamou ela; o senhor queria ter por sua parte uma vida livre e independente; vendo que eu me entregava a essas despesas imaginou comprar a minha tolerância com a sua tolerância. Eis o único motivo; a sua vida não será igual à minha; mas é pior... Se eu fazia despesas em casa o senhor as fazia na rua... É inútil negar, porque eu sei tudo; conheço, de nome, as rivais que sucessivamente o senhor me deu, e nunca lhe disse uma única palavra, nem agora lho censuro, porque seria inútil e tarde.

A situação tinha mudado. Vasconcelos começara constituindo-se juiz, e passara a ser corréu. Negar era impossível; discutir era arriscado e inútil. Preferiu sofismar.

— Dado que fosse assim (e eu não discuto esse ponto), em todo caso a culpa será de nós ambos, e não vejo razão para que ma lances em rosto. Devo reparar a fortuna, concordo; há um meio, e é este: o casamento de Adelaide com o Gomes.

— Não! disse Augusta.

— Bem; seremos pobres, ficaremos piores do que estamos agora; venderemos tudo...

— Perdão, disse Augusta, eu não sei por que razão não há de o senhor, que é forte, e tem a maior parte no desastre, empregar esforços para a reconstrução da fortuna destruída.

— É trabalho longo; e daqui até lá a vida continua e gasta-se. O meio, já lho disse, é este: casar Adelaide com o Gomes.

— Não quero! disse Augusta, não consinto em semelhante casamento.

Vasconcelos ia responder, mas Augusta, logo depois de proferir estas palavras, tinha saído precipitadamente do gabinete.

Vasconcelos saiu alguns minutos depois.

VI

Lourenço não teve conhecimento da cena entre o irmão e a cunhada, e depois da teima de Vasconcelos resolveu nada mais dizer; entretanto, como queria muito à sobrinha, e não queria vê-la entregue a um homem de costumes que ele reprovava, Lourenço esperou que a situação tomasse caráter mais decisivo para assumir mais ativo papel.

Mas, a fim de não perder tempo, e poder usar alguma arma poderosa, Lourenço tratou de instaurar uma pesquisa mediante a qual pudesse colher informações minuciosas acerca de Gomes.

Este cuidava que o casamento era coisa decidida, e não perdia um só dia na conquista de Adelaide.

Notou, porém, que Augusta tornava-se mais fria e indiferente, sem causa que ele conhecesse, e entrou-lhe no espírito a suspeita de que viesse dali alguma oposição.

Quanto a Vasconcelos, desanimado pela cena da *toilette*, esperou melhores dias, e contou sobretudo com o império da necessidade.

Um dia, porém, exatamente quarenta e oito horas depois da grande discussão com Augusta, Vasconcelos fez dentro de si esta pergunta:

"Augusta recusa a mão de Adelaide para o Gomes; por quê?"

De pergunta em pergunta, de dedução em dedução, abriu-se no espírito de Vasconcelos campo para uma suspeita dolorosa.

"Amá-lo-á ela?" perguntou ele a si próprio.

Depois, como se o abismo atraísse o abismo, e uma suspeita reclamasse outra, Vasconcelos perguntou:

— Ter-se-iam eles amado algum tempo?

Pela primeira vez, Vasconcelos sentiu morder-lhe no coração a serpe do ciúme.

Do ciúme digo eu, por eufemismo; não sei se aquilo era ciúme; era amor-próprio ofendido.

As suspeitas de Vasconcelos teriam razão?

Devo dizer a verdade: não tinham. Augusta era vaidosa, mas era fiel ao infiel marido; e isso por dois motivos: um de consciência, outro de temperamento. Ainda que ela não estivesse convencida do seu dever de esposa, é certo que nunca trairia o juramento conjugal. Não era feita para as paixões, a não serem as paixões ridículas que a vaidade impõe. Ela amava antes de tudo a sua própria beleza; o seu melhor amigo era o que dissesse que ela era mais bela entre as mulheres; mas se lhe dava a sua amizade, não lhe daria nunca o coração; isso a salvava.

A verdade é esta; mas quem o diria a Vasconcelos? Uma vez suspeitoso de que a sua honra estava afetada, Vasconcelos começou a recapitular toda a sua vida. Gomes frequentava a sua casa há seis anos, e tinha nela plena liberdade. A traição era fácil. Vasconcelos entrou a recordar as palavras, os gestos, os olhares, tudo que antes lhe foi indiferente, e que naquele momento tomava um caráter suspeitoso.

Dois dias andou Vasconcelos cheio deste pensamento. Não saía de casa. Quando Gomes chegava, Vasconcelos observava a mulher com desusada persistência; a própria frieza com que ela recebia o rapaz era aos olhos do marido uma prova do delito.

Estava nisto, quando na manhã do terceiro dia (Vasconcelos já se levantava cedo) entrou-lhe no gabinete o irmão, sempre com o ar selvagem do costume.

A presença de Lourenço inspirou a Vasconcelos a ideia de contar-lhe tudo.

Lourenço era um homem de bom senso, e em caso de necessidade era um apoio.

O irmão ouviu tudo quanto Vasconcelos contou, e concluindo este, rompeu o seu silêncio com estas palavras:

— Tudo isso é uma tolice; se tua mulher recusa o casamento, será por qualquer outro motivo que não esse.

— Mas é o casamento com o Gomes que ela recusa.

— Sim, porque lhe falaste no Gomes; fala-lhe em outro, talvez recuse do mesmo modo. Há de haver outro motivo; talvez Adelaide lhe contasse, talvez lhe pedisse para opor-se, porque tua filha não ama o rapaz, e não pode casar com ele.

— Não casará.

— Não só por isso, mas até porque...

— Acaba.

— Até porque este casamento é uma especulação do Gomes.

— Uma especulação? perguntou Vasconcelos.

— Igual à tua, disse Lourenço. Tu dás-lhe a filha com os olhos na fortuna dele; ele aceita-a com os olhos na tua fortuna...

— Mas ele possui...

— Não possui nada; está arruinado como tu. Indaguei e soube da verdade. Quer naturalmente continuar a mesma vida dissipada que teve até hoje, e a tua fortuna é um meio...

— Estás certo disso?

— Certíssimo!...

Vasconcelos ficou aterrado. No meio de todas as suspeitas, ainda lhe restava a esperança de ver a sua honra salva, e realizado aquele negócio que lhe daria uma excelente situação.

Mas a revelação de Lourenço matou-o.

— Se queres uma prova, manda chamá-lo, e dize-lhe que estás pobre, e por isso lhe recusas a filha; observa-o bem, e verás o efeito que as tuas palavras lhe hão de produzir.

Não foi preciso mandar chamar o pretendente. Daí a uma hora apresentou-se ele em casa de Vasconcelos.

Vasconcelos mandou-o subir ao gabinete.

VII

Logo depois dos primeiros cumprimentos Vasconcelos disse:

— Ia mandar chamar-te.

— Ah! para quê? perguntou Gomes.

— Para conversarmos acerca do... casamento.

— Ah! há algum obstáculo?

— Conversemos.

Gomes tornou-se mais sério; entrevia alguma dificuldade grande. Vasconcelos tomou a palavra.

— Há circunstâncias, disse ele, que devem ser bem definidas, para que se possa compreender bem...

— É a minha opinião.

— Amas minha filha?

— Quantas vezes queres que to diga?

— O teu amor está acima de todas as circunstâncias?...

— De todas, salvo aquelas que entenderem com a felicidade dela.

— Devemos ser francos; além de amigo que sempre foste, és agora quase meu filho... A discrição entre nós seria indiscreta...

— Sem dúvida! respondeu Gomes.

— Vim a saber que os meus negócios param mal; as despesas que fiz alteraram profundamente a economia da minha vida, de modo que eu não te minto dizendo que estou pobre.

Gomes reprimiu uma careta.

— Adelaide, continuou Vasconcelos, não tem fortuna, não terá mesmo dote; é apenas uma mulher que eu te dou. O que te afianço é que é um anjo, e que há de ser excelente esposa.

Vasconcelos calou-se, e o seu olhar cravado no rapaz parecia querer arrancar-lhe das feições as impressões da alma.

Gomes devia responder; mas durante alguns minutos houve entre ambos um profundo silêncio.

Enfim o pretendente tomou a palavra.

— Aprecio, disse ele, a tua franqueza, e usarei de franqueza igual.

— Não peço outra coisa...

— Não foi por certo o dinheiro que me inspirou este amor; creio que me farás a justiça de crer que eu estou acima dessas considerações. Além de que, no dia em que eu te pedi a querida do meu coração, acreditava estar rico.

— Acreditavas?

— Escuta. Só ontem é que o meu procurador me comunicou o estado dos meus negócios.

— Mau?

— Se fosse isso apenas! Mas imagina que há seis meses estou vivendo pelos esforços inauditos que o meu procurador fez para apurar algum dinheiro, pois que ele não tinha ânimo de dizer-me a verdade. Ontem soube tudo!

— Ah!

— Calcula qual é o desespero de um homem que acredita estar bem, e reconhece um dia que não tem nada!

— Imagino por mim!

— Entrei alegre aqui, porque a alegria que eu ainda tenho reside nesta casa; mas a verdade é que estou à beira de um abismo. A sorte castigou-nos a um tempo...

Depois desta narração, que Vasconcelos ouviu sem pestanejar, Gomes entrou no ponto mais difícil da questão.

— Aprecio a tua franqueza, e aceito tua filha sem fortuna; também eu não tenho, mas ainda me restam forças para trabalhar.

— Aceitas?

— Escuta. Aceito d. Adelaide, mediante uma condição; é que ela queira esperar algum tempo, a fim de que eu comece a minha vida. Pretendo ir ao governo e pedir um lugar qualquer, se é que ainda me lembro do que aprendi na escola... Apenas tenha começado a vida, cá virei buscá-la. Queres?

— Se ela consentir, disse Vasconcelos abraçando esta tábua de salvação, é coisa decidida.

Gomes continuou:

— Bem, falarás nisso amanhã, e mandar-me-ás resposta. Ah! se eu tivesse ainda a minha fortuna! Era agora que eu queria provar-te a minha estima!

— Bem, ficamos nisto.

— Espero a tua resposta.

E despediram-se.

Vasconcelos ficou fazendo esta reflexão:

"De tudo quanto ele disse só acredito que já não tem nada. Mas é inútil esperar: duro com duro não faz bom muro."

Pela sua parte Gomes desceu a escada dizendo consigo:

"O que acho singular é que estando pobre viesse dizer-mo assim tão antecipadamente quando eu estava caído. Mas esperarás debalde: duas metades de cavalo não fazem um cavalo."

Vasconcelos desceu.

A sua intenção era comunicar a Augusta o resultado da conversa com o pretendente. Uma coisa, porém, o embaraçava: era a insistência de Augusta em não consentir no casamento de Adelaide, sem dar nenhuma razão da recusa.

Ia pensando nisto, quando, ao atravessar a sala de espera, ouviu vozes na sala de visitas.

Era Augusta que conversava com Carlota.

la entrar quando estas palavras lhe chegaram ao ouvido:

— Mas Adelaide é muito criança.

Era a voz de Augusta.

— Criança! disse Carlota.

— Sim; não está em idade de casar.

— Mas eu no teu caso não punha embargos ao casamento, ainda que fosse daqui a alguns meses, porque o Gomes não me parece mau rapaz...

— Não é; mas enfim eu não quero que Adelaide se case.

Vasconcelos colou o ouvido à fechadura, e temia perder uma só palavra do diálogo.

— O que eu não compreendo, disse Carlota, é a tua insistência. Mais tarde ou mais cedo Adelaide há de vir a casar-se.

— Oh! o mais tarde possível, disse Augusta.

Houve um silêncio.

Vasconcelos estava impaciente.

— Ah! continuou Augusta, se soubesses o terror que me dá a ideia do casamento de Adelaide...

— Por quê, meu Deus?

— Por quê, Carlota? Tu pensas em tudo, menos numa coisa. Eu tenho medo por causa dos filhos dela que serão meus netos! A ideia de ser avó é horrível, Carlota.

Vasconcelos respirou, e abriu a porta.

— Ah! disse Augusta.

Vasconcelos cumprimentou Carlota, e apenas esta saiu, voltou--se para a mulher, e disse:

— Ouvi a tua conversa com aquela mulher...

— Não era segredo; mas... que ouviste.

Vasconcelos respondeu sorrindo:

— Ouvi a causa dos teus terrores. Não cuidei nunca que o amor da própria beleza pudesse levar a tamanho egoísmo. O casamento com o Gomes não se realiza; mas se Adelaide amar alguém, não sei como lhe recusaremos o nosso consentimento...

— Até lá... esperemos, respondeu Augusta.

A conversa parou nisto; porque aqueles dois consortes distanciavam-se muito; um tinha a cabeça nos prazeres ruidosos da mocidade, ao passo que a outra meditava exclusivamente em si.

No dia seguinte Gomes recebeu uma carta de Vasconcelos concebida nestes termos:

Meu Gomes.

Ocorre uma circunstância inesperada; é que Adelaide não quer casar. Gastei a minha lógica, mas não alcancei convencê-la.

Teu Vasconcelos.

Gomes dobrou a carta e acendeu com ela um charuto, e começou a fumar fazendo esta reflexão profunda:

"Onde acharei eu uma herdeira que me queira por marido?"

Se alguém souber avise-o em tempo.

Depois do que acabamos de contar, Vasconcelos e Gomes encontram-se às vezes na rua ou no Alcazar; conversam, fumam, dão o braço um ao outro, exatamente como dois amigos, que nunca foram, ou como dois velhacos que são.

"Vasconcelos pegou no chapéu e saiu. Vinha caindo a noite. Depois de andar algum tempo pelas ruas entregue às suas meditações, Vasconcelos entrou no Alcazar. Era um meio de distrair-se. Ali encontraria a sociedade do costume."

A Cidade
e seus Pecados

MACHADO
DE
ASSIS

1839 · 1908

preguiça

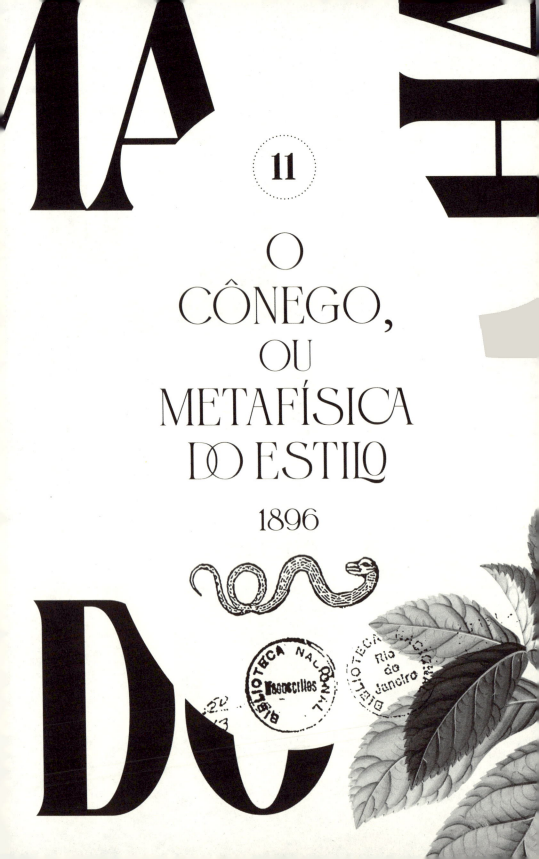

11

O CÔNEGO, OU METAFÍSICA DO ESTILO

1896

— do livro *Várias Histórias*, 1896 —

"Vem do Líbano, esposa minha, vem do Líbano, vem... As mandrágoras deram o seu cheiro. Temos às nossas portas toda a casta de pombos..."

"Eu vos conjuro, filhas de Jerusalém, que se encontrardes o meu amado, lhe façais saber que estou enferma de amor..."

Era assim, com essa melodia do velho drama de Judá, que procuravam um ao outro na cabeça do cônego Matias um substantivo e um adjetivo... Não me interrompas, leitor precipitado; sei que não acreditas em nada do que vou dizer. Di-lo-ei, contudo, a despeito da tua pouca fé, porque o dia da conversão pública há de chegar.

Nesse dia — cuido que por volta de 2222 —, o paradoxo despirá as asas para vestir a japona de uma verdade comum. Então esta página merecerá, mais que favor, apoteose. Hão de traduzi-la em todas as línguas. As academias e institutos farão dela um pequeno livro, para uso dos séculos, papel de bronze, corte dourado, letras de opala embutidas, e capa de prata fosca. Os governos decretarão que ela seja ensinada nos ginásios e liceus. As filosofias queimarão todas as doutrinas anteriores, ainda as mais definitivas, e abraçarão esta psicologia nova, única verdadeira, e tudo estará acabado. Até lá passarei por tonto, como se vai ver.

Mathias, cônego honorário e pregador efetivo, estava compondo um sermão quando começou o idílio psíquico. Tem quarenta anos de idade, e vive entre livros e livros para os lados da Gamboa. Vieram encomendar-lhe o sermão para certa festa próxima; ele que se regalava então com uma grande obra espiritual, chegada no último paquete, recusou o encargo; mas instaram tanto, que aceitou.

— Vossa Reverendíssima faz isto brincando, disse o principal dos festeiros.

Mathias sorriu manso e discreto, como devem sorrir os eclesiásticos e os diplomatas. Os festeiros despediram-se com grandes gestos de veneração, e foram anunciar a festa nos jornais, com a declaração de que pregava ao Evangelho o cônego Mathias, "um dos ornamentos do clero brasileiro". Este "ornamento do clero" tirou ao cônego a vontade de almoçar, quando ele o leu agora de manhã; e só por estar ajustado, é que se meteu a escrever o sermão.

Começou de má vontade, mas no fim de alguns minutos já trabalhava com amor. A inspiração, com os olhos no céu, e a meditação, com os olhos no chão, ficam a um e outro lado do espaldar da cadeira, dizendo ao ouvido do cônego mil coisas místicas e graves. Mathias vai escrevendo, ora devagar, ora depressa. As tiras saem-lhe das mãos, animadas e polidas. Algumas trazem poucas emendas ou nenhumas. De repente, indo escrever um adjetivo, suspende-se; escreve outro e risca-o; mais outro, que não tem melhor fortuna. Aqui é o centro do idílio. Subamos à cabeça do cônego.

Upa! Cá estamos. Custou-te, não, leitor amigo? É para que não acredites nas pessoas que vão ao Corcovado, e dizem que ali a impressão da altura é tal, que o homem fica sendo coisa nenhuma. Opinião pânica e falsa, falsa como Judas e outros diamantes. Não creias tu nisso, leitor amado. Nem Corcovados, nem Himalaias valem muita coisa ao pé da tua cabeça, que os mede. Cá estamos. Olha bem que é a cabeça do cônego. Temos à escolha um ou outro dos hemisférios cerebrais; mas vamos por este, que é onde nascem os substantivos. Os adjetivos nascem no da esquerda. Descoberta minha, que, ainda assim, não é a principal, mas a base dela, como se vai ver. Sim, meu senhor, os adjetivos nascem de um lado, e os substantivos de outro, e toda a sorte de vocábulos está assim dividida por motivo da diferença sexual...

— Sexual?

Sim, minha senhora, sexual. As palavras têm sexo. Estou acabando a minha grande memória psicolexicológica, em que exponho e demonstro esta descoberta. Palavra tem sexo.

— Mas, então, amam-se umas às outras?

Amam-se umas às outras. E casam-se. O casamento delas é o que chamamos estilo. Senhora minha, confesse que não entendeu nada.

— Confesso que não.

Pois entre aqui também na cabeça do cônego. Estão justamente a suspirar deste lado. Sabe quem é que suspira? É o substantivo de há pouco, o tal que o cônego escreveu no papel, quando suspendeu a pena. Chama por certo adjetivo, que lhe não aparece: "Vem do Líbano, vem...". E fala assim, pois está em cabeça de padre; se fosse de qualquer pessoa do século, a linguagem seria a de Romeu: "Julieta é o sol... ergue-te, lindo sol". Mas em cérebro eclesiástico a linguagem é a das Escrituras. Ao cabo, que importam fórmulas. Namorados de Verona ou de Judá falam todos o mesmo idioma, como acontece com o táler ou o dólar, o florim ou a libra, que é tudo o mesmo dinheiro.

Portanto, vamos lá por essas circunvoluções do cérebro eclesiástico, atrás do substantivo que procura o adjetivo. Sílvio chama por Sílvia. Escutai; ao longe parece que suspira também alguma pessoa; é Sílvia que chama por Sílvio.

Ouvem-se agora e procuram-se. Caminho difícil e intricado que é este de um cérebro tão cheio de coisas velhas e novas! Há aqui um burburinho de ideias, que mal deixa ouvir os chamados de ambos; não percamos de vista o ardente Sílvio, que lá vai, que desce e sobe, escorrega e salta; aqui, para não cair, agarra-se a umas raízes latinas, ali abordoa-se a um salmo, acolá monta num pentâmetro, e vai sempre andando, levado de uma força íntima, a que não pode resistir.

De quando em quando, aparece-lhe alguma dama — adjetivo também —, e oferece-lhe as suas graças antigas ou novas; mas, por Deus, não é a mesma, não é a única, a destinada *ab aeterno* para este consórcio. E Sílvio vai andando, à procura da única. Passai, olhos de toda cor, formas de toda casta, cabelos cortados à cabeça do Sol ou da Noite; morrei sem eco, meigas cantilenas suspiradas no eterno violino; Sílvio não pede um amor qualquer, adventício ou anônimo; pede um certo amor nomeado e predestinado.

Agora não te assustes, leitor, não é nada; é o cônego que se levanta, vai à janela, e encosta-se a espairecer do esforço. Lá olha, lá esquece o sermão e o resto. O papagaio em cima do poleiro, ao pé da janela, repete-lhe as palavras do costume e, no terreiro, o pavão enfuna-se todo ao sol da manhã; o próprio sol, reconhecendo o cônego, manda-lhe um dos seus fiéis raios a cumprimentá-lo. E o raio vem, e para diante da janela: "Cônego ilustre, aqui venho trazer os recados do sol, meu senhor e pai". Toda a natureza parece assim bater palmas ao regresso daquele galé do espírito. Ele próprio alegra-se, entorna os olhos por esse ar puro, deixa-os ir fartarem-se de verdura e fresquidão, ao som de um passarinho e de um piano; depois fala ao papagaio, chama o jardineiro, assoa-se, esfrega as mãos, encosta-se. Não lhe lembra mais nem Sílvio nem Sílvia.

Mas Sílvio e Sílvia é que se lembram de si. Enquanto o cônego cuida em coisas estranhas, eles prosseguem em busca um do outro, sem que ele saiba nem suspeite nada. Agora, porém, o caminho é escuro. Passamos da consciência para a inconsciência, onde se faz a elaboração confusa das ideias, onde as reminiscências dormem ou cochilam. Aqui pulula a vida sem formas, os germes e os detritos, os rudimentos e os sedimentos; é o desvão imenso do espírito. Aqui caíram eles, à procura um do outro, chamando e suspirando. Dê-me a leitora a mão, agarre-se o leitor a mim, e escorreguemos também.

Vasto mundo incógnito. Sílvio e Sílvia rompem por entre embriões e ruínas. Grupos de ideias, deduzindo-se à maneira de silogismos, perdem-se no tumulto de reminiscências da infância e do seminário. Outras ideias, grávidas de ideias, arrastam-se pesadamente, amparadas por outras ideias virgens. Coisas e homens amalgamam-se; Platão traz os óculos de um escrivão da câmara eclesiástica; mandarins de todas as classes distribuem moedas etruscas e chilenas, livros ingleses e rosas pálidas; tão pálidas, que não parecem as mesmas que a mãe do cônego plantou quando ele era criança. Memórias pias e familiares cruzam-se e confundem-se.

Cá estão as vozes remotas da primeira missa; cá estão as cantigas da roça que ele ouvia cantar às pretas, em casa; farrapos de sensações esvaídas, aqui um medo, ali um gosto, acolá um fastio de coisas que vieram cada uma por sua vez, e que ora jazem na grande unidade impalpável e obscura.

— Vem do Líbano, esposa minha...

— Eu vos conjuro, filhas de Jerusalém...

Ouvem-se cada vez mais perto. Eis aí chegam eles às profundas camadas de teologia, de filosofia, de liturgia, de geografia e de história, lições antigas, noções modernas, tudo à mistura, dogma e sintaxe. Aqui passou a mão panteísta de Espinosa, às escondidas; ali ficou a unhada do doutor Angélico; mas nada disso é Sílvio nem Sílvia. E eles vão rasgando, elevados de uma força íntima, afinidade secreta, através de todos os obstáculos e por cima de todos os abismos. Também os desgostos hão de vir. Pesares sombrios, que não ficaram no coração do cônego, cá estão, à laia de manchas morais, e ao pé deles o reflexo amarelo ou roxo, ou o que quer que seja da dor alheia e universal. Tudo isso vão eles cortando, com a rapidez do amor e do desejo.

Cambaleias, leitor? Não é o mundo que desaba; é o cônego que se sentou agora mesmo. Espaireceu à vontade, tomou à mesa do trabalho, e relê o que escreveu, para continuar; pega da pena, molha-a, desce-a ao papel, a ver que adjetivo há de anexar ao substantivo.

Justamente agora é que os dois cobiçosos estão mais perto um do outro. As vozes crescem, o entusiasmo cresce, todo o Cântico passa pelos lábios deles, tocados de febre. Frases alegres, anedotas de sacristia, caricaturas, facécias, disparates, aspectos estúrdios, nada os retêm, menos ainda os faz sorrir. Vão, vão, o espaço estreita-se. Ficai aí, perfis meio apagados de paspalhões que fizeram rir ao cônego, e que ele inteiramente esqueceu; ficai, rusgas extintas, velhas charadas, regras de voltarete, e vós também, células de ideias novas, debuxos de concepções, pó que tens de ser pirâmide, ficai, abalroai, esperai, desesperai, que eles não têm nada convosco. Amam-se e procuram-se.

Procuram-se e acham-se. Enfim, Sílvio achou Sílvia. Viram-se, caíram nos braços um do outro, ofegantes de canseira, mas remidos com a paga. Unem-se, entrelaçam os braços, e regressam palpitando da inconsciência para a consciência. "Quem é esta que sobe do deserto, firmada sobre o seu amado?", pergunta Sílvio, como no Cântico; e ela, com a mesma lábia erudita, responde-lhe que "é o selo do seu coração", e que "o amor é tão valente como a própria morte".

Nisto, o cônego estremece. O rosto ilumina-se-lhe. A pena, cheia de comoção e respeito, completa o substantivo com o adjetivo. Sílvia caminhará agora ao pé de Sílvio, no sermão que o cônego vai pregar um dia destes, e irão juntinhos ao prelo, se ele coligir os seus escritos, o que não se sabe.

"Matias, cônego honorário e pregador efetivo, estava compondo um sermão quando começou o idílio psíquico. Tem quarenta anos de idade, e vive entre livros e livros para os lados da Gamboa. Vieram encomendar-lhe o sermão para certa festa próxima; ele que se regalava então com uma grande obra espiritual, chegada no último paquete, recusou o encargo; mas instaram tanto, que aceitou."

Carlos Drummond de Andrade

A um bruxo, com amor

POEMA

por

CARLOS DRUMMOND DE ANDRADE

Em certa casa da Rua Cosme Velho
(que se abre no vazio)
venho visitar-te; e me recebes
na sala trajestada com simplicidade
onde pensamentos idos e vividos
perdem o amarelo
de novo interrogando o céu e a noite.

Outros leram da vida um capítulo,
tu leste o livro inteiro.
Daí esse cansaço nos gestos e, filtrada,
uma luz que não vem de parte alguma
pois todos os castiçais
estão apagados.

Contas a meia voz
maneiras de amar e de compor os ministérios
e deitá-los abaixo, entre malinas
e bruxelas.
Conheces a fundo
a geologia moral dos Lobo Neves
e essa espécie de olhos derramados
que não foram feitos para ciumentos.

E ficas mirando o ratinho meio cadáver
com a polida, minuciosa curiosidade
de quem saboreia por tabela
o prazer de Fortunato, vivisseccionista amador.
Olhas para a guerra, o murro, a facada
como para uma simples quebra
da monotonia universal
e tens no rosto antigo
uma expressão a que não acho nome certo
(das sensações do mundo a mais sutil):
volúpia do aborrecimento?
ou, grande lascivo, do nada?

O vento que rola do Silvestre leva o diálogo,
e o mesmo som do relógio, lento, igual e seco,
tal um pigarro que parece vir do tempo
da Stoltz e do gabinete Paraná,
mostra que os homens morreram.
A terra está nua deles.
Contudo, em longe recanto,
a ramagem começa a sussurrar alguma coisa
que não se estende logo
a parece a canção das manhãs novas.
Bem a distingo, ronda clara:
É Flora,
com olhos dotados de um mover particular
ente mavioso e pensativo;
Marcela, a rir com expressão cândida (e outra coisa);
Virgília,
cujos olhos dão a sensação singular de luz úmida;
Mariana, que os tem redondos e namorados;
e Sancha, de olhos intimativos;
e os grandes, de Capitu, abertos
como a vaga do mar lá fora,
o mar que fala a mesma linguagem
obscura e nova de D. Severina
e das chinelinhas de alcova de Conceição.
A todas decifrastes íris e braços
e delas disseste a razão última e refolhada
moça, flor mulher flor
canção de mulher nova...

E ao pé dessa música dissimulas
(ou insinuas, quem sabe)
o turvo grunhir dos porcos, troça
concentrada e filosófica
entre loucos que riem de ser loucos
e os que vão à Rua da Misericórdia
e não a encontram.
O eflúvio da manhã,
quem o pede ao crepúsculo da tarde?
Uma presença, o clarineta,
vai pé ante pé procurar o remédio,
mas haverá remédio para existir
senão existir?
E, para os dias mais ásperos, além
da cocaína moral dos bons livros?
Que crime cometemos além de viver
e porventura o de amar
não se sabe a quem, mas amar?

Todos os cemitérios se parecem,
e não pousas em nenhum deles, mas onde a dúvida
apalpa o mármore da verdade, a descobrir
a fenda necessária;
onde o diabo joga dama com o destino,
estás sempre aí, bruxo alusivo e zombeteiro,
que resolves em mim tantos enigmas.

Um som remoto e brando
rompe em meio a embriões e ruínas,
eternas exéquias e aleluias eternas,
e chega ao despistamento de teu pencenê.
O estribeiro Oblivion
bate à porta e chama ao espetáculo
promovido para divertir o planeta Saturno.
Dás volta à chave,
envolves-te na capa,
e qual novo Ariel, sem mais resposta,
sais pela janela, dissolves-te no ar.

Correio da Manhã
1958

E o vulgo agradecido
Eleva o monumento.

—

Do saber, da virtude,
Logra fazer, em premio dos trabalhos,
Um manto de retalhos.
Que a consciencia universal illude.
Não córa, não se peja,
Do papel, nem da mascara indecente
E ainda inspira inveja
Esta gloria insolente!

—

Não são contrastes novos;
Já vem de longe; e de remotos dias
Tornam em cinzas frias
O amor da patria e as illusões dos povos
Torpe ambição têm péas,
De mocidade em mocidade corre,
E o culto das idéas
Treme, convulsa e morre!

—

Que sonho apetecido
Leva o animo vil a taes emprezas?
O sonho das baixezas:
Um fumo que se esvae e um vão ruido;
Uma solitaria illusoria
Que adora a turba ignorante e rude;
Pallida, infausta gloria,
E mentida virtude!

—

posfácios

Caldeirão de Bruxo

ROMEU MARTINS

POSFÁCIO

Era um tempo em que o topo do Corcovado não contava ainda com a proteção do Cristo de os braços abertos; mas no sopé daquele morro já existia o bairro do Cosme Velho. Na rua de mesmo nome, havia o casarão de dois andares que ocupava o número 18, onde num certo dia o seu morador, um pacato funcionário público, com cargo de diretoria no Ministério de Viação e Obras Públicas, para surpresa da vizinhança surgiu carregando um pequeno caldeirão e um lote de papéis. Ao verem que ele ateava fogo na papelada, a galhofa dos cariocas da Zona Sul falou mais alto e começou a circular um novo apelido para aquele já bem conhecido escritor. O que era apenas um traço da informalidade da cidade, acabou por se tornar referência literária muitas décadas depois, quando ninguém menos que Carlos Drummond de Andrade (1902–87) publicou em 1958 o poema "A um bruxo, com amor":

onde o diabo joga dama com o destino,
estás sempre aí, bruxo alusivo e zombeteiro,
que resolves em mim tantos enigmas.

O que havia naqueles papéis queimados — cartas nunca enviadas? Rascunhos já publicados? Obras para sempre inéditas? Provas de pecados inconfessáveis? —, será um enigma jamais resolvido na biografia do Bruxo do Cosme Velho. Porém aquele ato serviu para a criação de um epíteto que é muito mais justo com Machado de Assis do que o reconhecimento apenas e tão somente por seu lado considerado realista. Afinal, como um bruxo ele misturava em seu caldeirão ingredientes muito mais raros, para além dos usualmente encontrados na realidade cotidiana.

Não que seja surpresa para os leitores da **Darkside® Books** a afinidade do autor com o lado fantástico da literatura. Afinal, a primeira vez em que ele apareceu nas páginas de uma publicação da editora, foi em 2017, no primeiro volume das coletâneas dedicadas a Edgar Allan Poe (1809–49). Naquela oportunidade, saiu a tradução feita pelo brasileiro em 1883 dos versos mais conhecidos do poeta e contista de Boston:

Profeta, ou o que quer que sejas!
Ave ou demônio que negrejas!
Profeta sempre, escuta: Ou venhas tu do inferno
Onde reside o mal eterno,
Ou simplesmente náufrago escapado
Venhas do temporal que te há lançado
Nesta casa onde o Horror, o Horror profundo
Tem os seus lares triunfais,
Dize-me: existe um bálsamo no mundo?,
E o corvo disse: "Nunca mais".

Se hoje tal ligação entre homens de gênio do século XIX é motivo de orgulho histórico e literário, a verdade é que na época mesmo ela não foi bem recebida. Para dizer o mínimo. Contemporâneo de Machado de Assis, o sergipano Sílvio Romero (1851–1914) foi considerado o maior crítico de seu tempo e dedicou um livro para analisar a obra de nosso Bruxo: *Machado de Assis — Estudo Comparativo de Literatura Brasileira*, de 1897, quando o analisado em questão ainda estava vivo para ler e sentir seus efeitos.

A certa altura, Romero comenta que Machado de Assis "tem veleidades de pensador, de filósofo, e entende que deve polvilhar os seus artefatos de *humour* e, às vezes, de cenas com pretensão ao horrível". E foi desta forma que sentenciou o crítico a respeito:

> Quanto ao *humour*, prefiro o de Dickens e de Heine, que era natural e incoercível; quanto ao horrível, agrada-me muito mais o de Edgar Allan Poe, que era realmente um ébrio e louco de gênio, ou o de Baudelaire, que era de fato um devasso e epilético.

Na análise do crítico, nem o Brasil tinha a natural disposição histórica e de caráter para tais elementos, e ainda menos o tinha o pacato burocrata e servidor público morador do número 18 da rua Cosme Velho. "Humorismo de almanaque" e "pessimismo de fancaria" foram expressões usadas pelo analista que entraram para a história. Se, passados mais de cem anos, tais comentários preconceituosos hoje soam mais anedóticos do que ofensivos, na virada do século XIX para o XX, o polêmico livro de Sílvio Romero tinha não apenas um peso quase de verdade científica como ainda era influente o suficiente para ajudar a condenar ao esquecimento o que não fosse realismo provindo da pena de Machado de Assis.

Obviamente, o esquecimento é sempre relativo. Não faltou àquela homenagem lírica de Carlos Drummond de Andrade uma referência ao que de mais memorável o escritor carioca fez em termos de "cenas com pretensão ao horrível":

E ficas mirando o ratinho meio cadáver
com a polida, minuciosa curiosidade
de quem saboreia por tabela
o prazer de Fortunato, vivisseccionista amador.

Quem leu *Medo Imortal*, publicado pela **Darkside® Books** em 2019, deve ter reconhecido a referência: o conto "A Causa Secreta", de 1885, que apresentou aos leitores do jornal *Gazeta de Notícias* em primeira mão Fortunato Gomes da Silveira, o primeiro psicopata da literatura brasileira.

De maneira mais sistemática, o resgate a este lado mais obscuro de nosso Bruxo levaria ainda o espaço de uma geração para ocorrer. E ele se deu por iniciativa do jornalista, biógrafo, historiador e poeta cearense Raimundo Magalhães Júnior (1907–81), que foi o organizador da primeira coletânea a reunir contos fantásticos de Machado de Assis, principalmente os de inclinação para a fantasia e o horror. Já no prefácio de seu livro, Magalhães Jr. lamentava que seu predecessor Sílvio Romero tivesse falhado em separar a vida cotidiana do escritor carioca das criações de seu espírito, mesmo aquelas mais macabras e perturbadoras.

E disso ninguém foi mais capaz do que Machado de Assis, o cidadão perfeito, o burocrata exemplar, que era, no entanto, um escritor profundo, audacioso, irônico e, não raro, satírico e corrosivo. Foi, também, um cultor do fantástico. Às vezes, de um fantástico mitigado, que não ia além dos sonhos que temos não só adormecidos como também despertos; outras vezes, de um macabro ostensivo e despejado. Excepcionalmente, ia buscar na realidade, mais arrojada do que a ficção, os temas de alguns desses contos macabros.

Tal resgate se deu, finalmente fazendo justiça a uma vertente até então praticamente oculta da obra do Bruxo, apenas no ano de 1973, ou seja, 76 anos após a diatribe de Sílvio Romero, quinze anos depois do poema de Drummond, 65 anos passados da morte de Machado de Assis.

Muito tempo? Bem, vale lembrar ainda que décadas antes de ter criado aquela declaração de amor e de ter oficializando o apelido do Bruxo, muito antes, ainda no ano de 1925, quando era um estudante de farmácia de apenas 22 anos, Drummond escreveu para a imprensa mineira um artigo com o título "Sobre a tradição em literatura". Naquele texto, o futuro poeta de Itabira, dizia considerar o escritor carioca um romancista monótono que deveria ser nada menos que repudiado.

Lá naquele casarão, no número 18 da Cosme Velho, um endereço que como o da Ladeira do Livramento, 77, não existe mais fisicamente, mas, como dizíamos, lá, diante do caldeirão onde põe fogo em papéis que serão para sempre uma charada cultural na história do Brasil, talvez, somente talvez, o Bruxo tenha pensando sobre a passagem do tempo, dos anos que viram décadas, das décadas que viram séculos. Impossível saber. Podemos ficar com o testemunho lírico daquele poeta que, entre um ponto e outro, separado por 43 anos de reflexão e maturidade, foi do repúdio ao amor: "Outros leram da vida um capítulo, tu leste o livro inteiro". Diga, leitor, pode haver elogio melhor que este?

ROMEU MARTINS
Jornalista, contista e roteirista, organizou para a
DarkSide® Books a coletânea *Medo Imortal* (2019)
São José da Terra Firme, SC

Pecados Tropicais

MAURÍCIO BARROS DE CASTRO

POSFÁCIO

Escavar o constante desvio das normas pactuadas é um traço que marca a literatura de Machado de Assis. Muitas vezes, ele mostra como as transgressões acontecem disfarçadas de convenções sociais, impulsionadas pelo desejo ou pela violência, amparadas fragilmente em convicções morais. Talvez por isso a sua evocação dos nossos pecados capitais seja tão contemporânea. Continuamos, nos dias de hoje, entre atônitos e letárgicos, assistindo-os passar diante de nossos olhos. Isto quando não somos nós mesmos que os cometemos, em nossos pequenos e acidentais atos do cotidiano, nos mantendo tão próximos do universo que deteve a atenção do escritor.

Um Rio de Janeiro também imerso em contradições nos é oferecido por Machado. Num dos seus contos, um futuro feliz vislumbrado pela cartomante, em meio a um acidente de trânsito, que tranquiliza o perturbado personagem machadiano, na verdade, é uma armadilha fatal, onde um dos pecados se encerra, a ira.

Trazer à tona os pecados capitais nos trópicos não deixa de ser um indício. Uma provocação, certamente. Qual o sentido de pensar em pecados abaixo da linha do Equador, o vasto território já tatuado como sem lei, sem rei e sem fé?

Machado não tinha como projeto fazer uma cartografia, lançando mão de conceitos contemporâneos, dos pecados capitais, menos ainda, de pensar no contraponto do contexto tropical. O certo é que o mesmo peso que se impunha aos chamados trópicos por meio das representações ocidentais era sentido pelo escritor, tardiamente reconhecido como negro num retrato que, colorido há pouco tempo, evidencia a tentativa de apagar a sua condição como afrodescendente. Um país marcado pela sentença colonial, condenado às ausências e estruturado pela violência da sua elite escravocrata não podia admitir, ou mesmo suportar, que seu maior escritor fosse um homem negro.

Machado nos mostra que existem, sim, pecados ao sul do Equador. De forma antropofágica, nos alimentamos da lista inventada pela Igreja Católica entre os séculos VI e XVI, incorporamos a luxúria, ira, gula, avareza, inveja, soberba e preguiça. Em vez da ausência apontada pela representação colonial, o escritor afirma a presença contundente de uma sociedade desigual em luta para se livrar, justamente, dessa redução de seus sentidos, entre os quais, os chamados "pecados", que fazem parte de sua complexidade.

Afirmar a existência dos pecados capitais nos trópicos, no final das contas, tem esse potencial político. É conhecido o ditado europeu, sintetizado numa frase pelo cronista holandês Caspar Barlaeus, em 1641, que afirma não existir pecado ao sul do Equador. O que significa dizer que não temos pecados nos trópicos porque somos primitivos, incapazes de discernir o vício da virtude. Ao norte do

Equador, ao contrário, esta diferença é bem clara e os pecados evidentes. Aqui, é como se vivêssemos num eterno carnaval. Nenhum problema quanto a isso, não fosse o fato dessa representação ter sido criada para nos colocar numa posição estereotipada, exótica e, consequentemente, subalterna. Nenhum exotismo ou subalternização cabe na obra de Machado.

Não se trata de criar uma nova "igreja do diabo", conforme o magistral conto que abre esta antologia, e celebrar nossos pecados capitais em nossos altares, mas reconhecer que estes são diferentes do grande altar da igreja católica. Por aqui, convivem em diversas casas e terreiros, entre as velas que tremulam nestes espaços de cultos e rezas, os santos cristãos, os orixás, voduns, inquices, caboclos e diversas outras entidades. Ao mesmo tempo, enquanto determinada ortodoxia religiosa representa um orixá como o diabo, o povo de santo o cultua como o mensageiro e aquele que abre os caminhos.

Trata-se, na verdade, de celebrar um território, como outros marcados pela diáspora africana, em que as encruzilhadas foram assentadas como espaço de trânsito entre o sagrado e o profano. Encruzilhadas e afrorreligiosidades que Machado conhecia perfeitamente, parte constituinte do território onde nasceu e cresceu, a chamada Pequena África, conforme o sambista e pintor Heitor dos Prazeres denominaria a região.

Nascido no Morro do Livramento, na zona portuária do Rio de Janeiro, em meio a uma família pobre, sua trajetória, como se sabe, é o que hoje poderia ser chamado de um exemplo máximo de "superação". Machado se recusou a ser confinado à situação comum do homem negro no Brasil escravocrata e mesmo pós-abolição. Dessa maneira, deixou de fazer parte de um amplo grupo de indivíduos sem instrução, sem trabalho, sem reconhecimento, sem futuro, enfim, completamente estigmatizado pelo trauma da escravidão.

Talvez por isso Machado tenha feito questão de esticar o pescoço para aparecer na fotografia da missa campal, realizada em São Cristóvão, bairro histórico do Rio, em 17 de maio de 1888, para celebrar a abolição da escravidão no Brasil, alguns dias depois do 13 de maio, quando foi assinada a Lei Áurea. Ao lado dele, no centro da foto, a Princesa Isabel e seu marido, o Conde D'Eu. Consta também que após a missa Machado foi almoçar com seu amigo, o líder abolicionista José do Patrocínio.

A descoberta desta fotografia, também em tempos recentes, mostrou que Machado não era alheio à escravidão, conforme certa leitura de sua obra e biografia. Para o professor de literatura da Universidade Federal de Minas Gerais (UFMG), Eduardo Assis Duarte, que publicou *Machado de Assis Afrodescendente* (Malê, 2020, 3. ed.), o escritor sempre foi abolicionista e criticou a escravidão, a seu modo, em diversos textos.

Machado praticava o que o crítico chamou de uma "capoeira literária". Ao incorporar em seus textos negaças e gingas o escritor iludia a censura do Segundo Reinado, golpeando a elite conservadora com personagens e tramas que traziam de forma "disfarçada" suas críticas ao sistema escravocrata, jogando com astúcia e habilidade com os padrões sociais da época, derrubando com rasteiras verbais os movimentos contra a abolição.

Deve ter sido com grande tristeza que o escritor viu a prática da capoeira ser incluída no Código Penal, em 1890, um ano depois da proclamação da República, quando a mistura de dança e luta, marcadamente afrodiaspórica, passou a ser criminalizada e perseguida. Apenas nos anos 1930 o jogo foi descriminalizado. Em 2008, muito tardiamente, o governo brasileiro deu um primeiro passo para reparar uma violência histórica e reconheceu a capoeira, mais precisamente a roda e o ofício dos mestres, como Patrimônio Cultural do Brasil. Em diversas publicações, Machado trouxe para o campo da literatura uma herança de matriz africana que praticou por meio do gesto corporal da escrita.

O olhar de Machado de Assis é o de um escritor negro que obteve sucesso e reconhecimento público numa sociedade autoritária e escravocrata. Dessa forma, pôde transitar por diversas camadas sociais e acompanhar suas tramas, enlaces e desfechos. Ao observar o mundo por meio desta lente, Machado nos mostra a importância dos pecados capitais cometidos nos trópicos.

MAURÍCIO BARROS DE CASTRO
É escritor, pesquisador e professor, autor de
Carnaval-Ritual: Carlos Vergara e Cacique de Ramos (2021)
São Sebastião do Rio de Janeiro, RJ

Machado de Assis

Fragmentos Machadianos

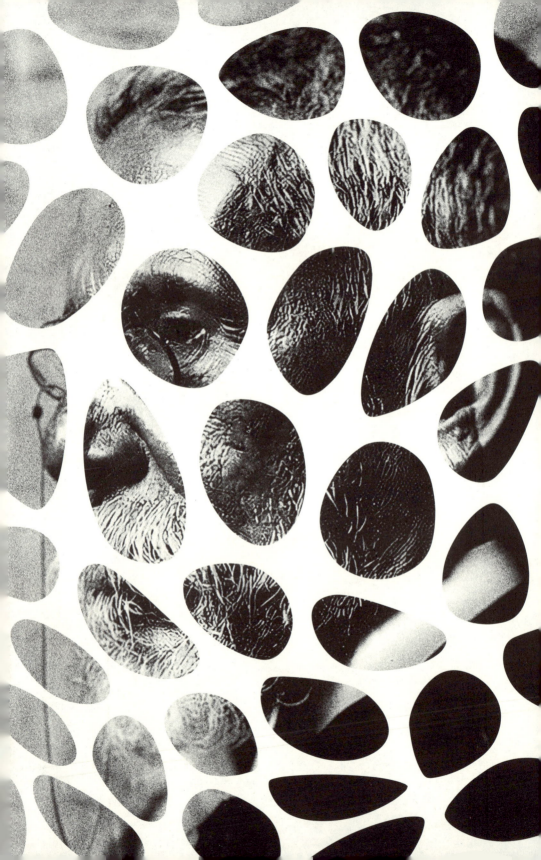

Machado de Assis (o segundo da esq. para a dir., na fileira de baixo) em almoço oferecido ao prefeito Pereira Passos, no jardim do Clube dos Diários (Cassino Fluminense), em 8 set. 1906. Augusto Malta/ Coleção IHGB

O jovem Machado de Assis aos 25 anos de idade
Joaquim Insley Pacheco • 1864

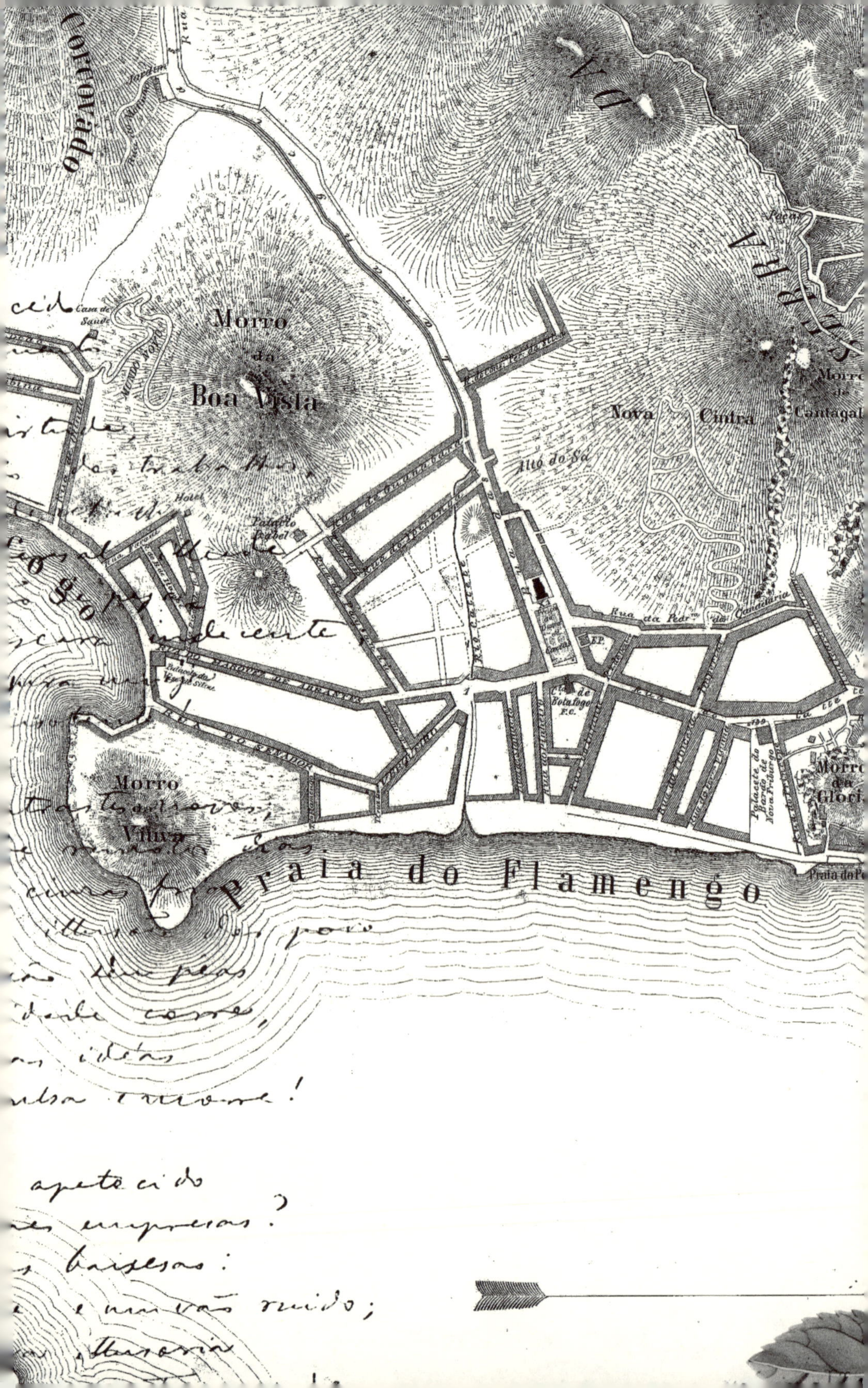

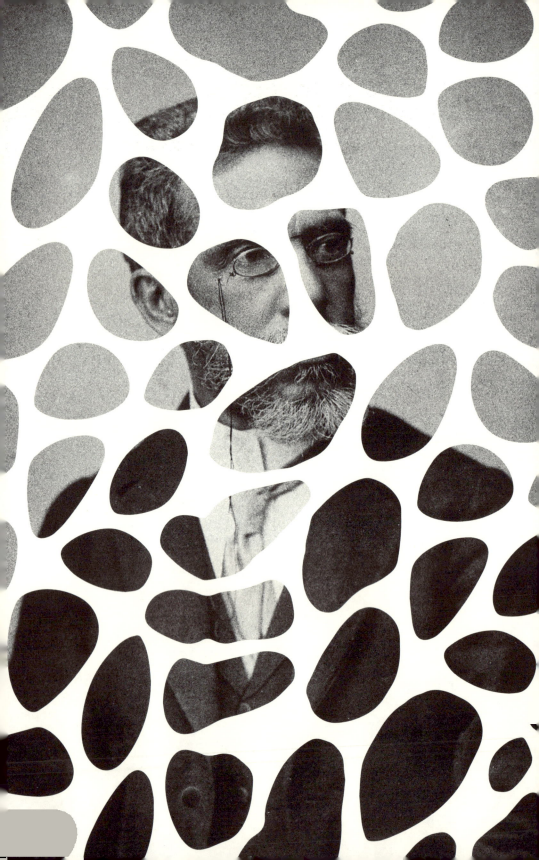

Igreja e Largo do Livramento
Moritz Lamberg • 1880

Ladeira do Livramento
Augusto Malta • circa 1928
Instituto Moreira Salles

LA GAMBOA et MORRO do LIVRAMENTO COMP.ᵃ PHOT. BRAZ; RIO DE JANEIRO
Gamboa and Livramento Hill J. GUTIERREZ, Succ. 40, Rua de Gonçalves Dias, 40

*Gamboa e Morro do
Livramento, ao fundo
Juan Gutierrez • 1894*

*Bairro da Glória visto
do Morro do Castelo*

ACERVOS CONSULTADOS

MACHADO DE ASSIS

As ilustrações de João Pinheiro para este livro foram inspiradas e baseadas em textos, pinturas e fotografias de grande escritores, historiadores, pesquisadores, artistas e fotógrafos que integram acervos, arquivos, museus e bibliotecas responsáveis por resguardar a nossa memória. Abaixo, os locais onde podem ser encontrados, além da relação dos mestres que inspiraram o artista.

**BIBLIOTECA BRASILIANA
GUITA E JOSÉ MINDLIN
UNIVERSIDADE DE
SÃO PAULO (USP)**
bbm.usp.br

**BIBLIOTECA DIGITAL
DE LITERATURA DE
PAÍSES LUSÓFONOS**
literaturabrasileira.ufsc.br/
autores/?id=8333

**BIBLIOTECA
NACIONAL DIGITAL**
bndigital.bn.gov.br

**BRASILIANA FOTOGRÁFICA
BIBLIOTECA NACIONAL (BN), INSTITUTO
MOREIRA SALLES (IMS)**
brasilianafotografica.bn.br

DOMÍNIO PÚBLICO
dominiopublico.gov.br

**FUNDAÇÃO CASA DE
RUI BARBOSA (FCRB)**
casaruibarbosa.gov.br

**INSTITUTO HISTÓRICO
E GEOGRÁFICO BRASILEIRO**
ihgb.org.br

MACHADO DE ASSIS
machado.mec.gov.br

**ARTISTAS, ESCRITORES,
FOTÓGRAFOS,
HISTORIADORES
E PESQUISADORES**

A.B. Cotrim Neto
Adolphe d'Hastrel
Ana Pessoa
Augusto Malta
Augusto Stahl
Daniela Mantarro Callipo
Edilson Nunes dos Santos Junior
Erica Sarmiento da Silva
Georges Leuzinger
Hipólito Caron
Jean-Baptiste Debret
Joaquim Insley Pacheco
Johann Jacob Steinmann
José Carvalho dos Reis
Lená Medeiros de Menezes
Luciana Nascimento
Rafael Castro Y Ordoñez
Sergio Roberto Lordello dos Santos
Sheila Katiane Staudt
Marc Ferrez
Nireu Oliveira Cavalcanti
Roberta Saraiva de Oliveira
Roberto Leeder
Silvia Cristina Martins de Souza
Thomas Ender

Morro do Livramento
Augusto Malta • 1903

JOAQUIM MARIA MACHADO DE ASSIS nasceu na Ladeira do Livramento, no Centro do Rio de Janeiro em 1839. Negro, de ascendência africana e açoriana, cresceu na chácara de uma família de portugueses, com alguma oportunidade que a ampla maioria dos seus não chegou nem perto de ter. Aos 16 anos, passa a frequentar a livraria do jornalista e tipógrafo Francisco de Paula Brito, que publica alguns dos seus primeiros poemas e lhe dá seu primeiro emprego. Entre 1856 e 1858, começa como aprendiz de tipógrafo e revisor na Imprensa Nacional, onde contou com a ajuda e o incentivo de Manuel Antônio de Almeida, autor de *Memórias de um Sargento de Milícias*. Trabalha como repórter no *Diário do Rio de Janeiro* entre 1860 e 1867, além de colaborar com a variada e abundante imprensa da época, sobretudo como crítico teatral. Em 1867, é nomeado diretor assistente do *Diário Oficial* por D. Pedro II, o primeiro de diversos cargos públicos, seguido de ocupações no Ministério da Agricultura, do Comércio e das Obras Públicas. Seu primeiro romance, *Ressurreição*, é publicado em 1872, seguido por *A Mão e a Luva* (1874), *Helena* (1876) e *Iaiá Garcia* (1878), relacionados à escola romântica. Segundo a crítica consagrada, seu período realista tem início em 1881, com a publicação de *Memórias Póstumas de Brás Cubas*, e segue com seus quatro derradeiros romances, *Quincas Borba* (1891), *Dom Casmurro* (1899), *Esaú e Jacó* (1904) e *Memorial de Aires* (1908), este último no ano de sua morte. Além dos romances, o autor produziu em torno de duzentos contos, uma dezena de peças teatrais, coletâneas de poemas e sonetos e pelo menos seiscentas crônicas. Sua obra, porém, não pode ser resumida como apenas romântica ou realista. Como vimos na antologia *Medo Imortal* (DarkSide® Books, 2019), ele também produziu histórias fantásticas e sobrenaturais, algumas delas entre os melhores escritos que saíram de sua pena. De certeza, sabemos apenas que Machado de Assis é um dos poucos autores transversais e fundamentais para a formação da literatura brasileira no século XIX, um escritor incontornável para aqueles que desejam compreender a nossa imensa e crescente produção literária, considerado hoje um dos mestres universais, ao lado de Dante, Shakespeare e Camões.

JOÃO PINHEIRO nasceu em 1981, na cidade de São Paulo, e se formou em artes plásticas. Tem publicado seus quadrinhos e ilustrações em revistas do Brasil e do exterior, e é autor de, entre outros, *Burroughs* (2015), *Carolina* (biografia em quadrinhos sobre a escritora Carolina de Jesus, criada em parceria com Sirlene Barbosa, 2016) e *Depois que o Brasil Acabou* (2021). Saiba mais em jpinheiro.com.br.

"Os instantes do Diabo intercalavam-se nos minutos de Deus, e o relógio foi assim marcando alternativamente a minha perdição e a minha salvação."

— Machado de Assis, *Dom Casmurro* —

DARKSIDEBOOKS.COM